다마논드호

다마논드호

정지혜 장편소설

MONGSIL
BOOKS

땅이 완전히 사라진 지구에서
살아가는 사람들의 이야기입니다.

지구의 모든 땅이 바다 아래로 완전히 잠겼고 19척의 거대한 배에
탑승한 생명만이 살아남게 되었습니다.

한정된 공간에서 부와 권력을 빼앗기지 않기 위해 부조리한 방법
으로 사람을 계급 지어 나누게 됩니다. 아주 오랜 시간이 흘러 땅을
본 적이 없는 사람들만이 존재하는 시대가 왔습니다. 최하위계층의
한 아이가 최상위계층으로 옮겨지게 된 이유를 찾아가며 발생하는
사건에 관한 이야기입니다.

차 례

1.

비바람이 휘몰아치는 밤이라도 괜찮다. 다마논드호는 외부에서 들려오는 소리를 모두 튕겨낼 만큼 견고하고 거대하다. 검은 바다가 요동친다. 하늘에서 물줄기가 거침없이 쏟아져 내린다. 하늘과 바다가 만나는 지점은 그야말로 아수라장. 밤이 깊었고 모두가 잠들었다. 안전한 요새에 몸을 숨긴 사람들은 평화로운 밤을 지나는 중이다.

드문드문 켜진 불빛 속을 찬찬히 들여다보자. 다마논드호 꼭대기 층의 조타실. 꾸벅꾸벅 졸고 있는 항해사가 보인다. 그의 이름은 가르나. 가르나에게도 나름의 사정이란 게 있었다. 야간근무를 위해 이른 아침 침대에 누웠지만 쉽게 잠이 들지 못했다. 암막 커튼을 내려 봐도 소용이 없었다. 결국 한

잠도 자지 못한 채 야간근무를 위해 출근했다.

빌어먹을 커피. 이게 다 커피 때문이다. 소문은 익히 들어서 알고 있었다. 이토록 강력할 줄은 예상 못 했지만. 무역의 시대가 열리고 있었다. 시대의 흐름에 상응하듯 다마논드호에도 무역 부서가 신설되었고 가르나의 동생 가르다가 책임자로 임명되었다. 크리마칼호에 다녀온 가르다가 샘플로 가져온 커피를 가르나에게 선물로 주었다. 야간근무를 설 때마다 잠을 쫓느라 안간힘을 써야 했는데 잠을 쫓는데 특효라고 했다.

가르나는 가르다가 가르쳐준 대로 커피를 똑똑 내렸다. 까만 액체가 방울방울 떨어져 하얀 컵을 가득 채웠다. 향에 이끌려 한 모금 삼켰다. 크악. 절로 인상이 찌푸려졌다. 이런 걸 체리와 바꾸기로 했단 말이지. 컵 속에서 찰랑이는 까만 물을 내려다보았다. 가르나는 다시 한 모금 용기 내어 들이켰다. 크악. 찌푸려진 인상은 펴질 줄을 몰랐다. 그런데 이상하게도 향긋한 향과 씁쓸한 맛이 조화를 이루는 것도 같고. 홀짝홀짝 마시다 보니 어느덧 하얀 바닥이 드러났다. 효과는 상당했다. 눈이 말똥말똥. 한시도 졸리지 않았다. 아쉬운 점이 있다면 커피의 효능이 침실까지 질척거리며 쫓아온다는 것. 폭신한 이불을 턱까지 끌어올리고 눈을 감아봤지만, 쉬이 잠이 오지 않았다. 이리저리 뒤척거리기만 하다 꼴딱 날을 새었다. 그 여파는 야간근무까지 이어졌고 이 시각 가르나는 볼펜 한 자루를 쥐고서 꾸벅꾸벅 졸 수밖에 없었다. 가르나는 다마논드호 갑판 위 어느 구석에서 벌어지고 있는 일을 전혀 눈치챌 수도 없을 만큼 깊은 잠에 빠져들고 있었다.

다마논드호 지상 1층, 정문 경비실 앞.

검은 그림자가 경비실 앞을 스치듯 후다닥 지나갔다. 경비를 서던 단마는 바닥으로 팔랑 떨어지는 종이를 줍느라 허리를 숙이고 있었다. 필요도 없는 빈 종이를 떨어뜨리고 다시 줍는 일이 그의 죄책감을 조금이나마 덜어주었다. 쓸데없는 일로 시간이나 때우고 있는 것처럼 보일지 모르겠으나 단마가 받는 월급에는 바깥에서 일어나는 일을 모른 척하는 업무도 포함되어 있었다. 검은 그림자가 완전히 사라진 후에야 자꾸만 바닥으로 떨어지던 종이를 단숨에 구겨 쓰레기통에 던져 넣었다. 괜한 참견은 인생을 피곤하게 만들 뿐이다. 단마가 외면하고 있는 게 정확히 무엇인지는 알 수 없으나 그 일이 마음에 걸리는 건 분명했다. 쓰레기통을 괜히 발로 툭 치며 자신은 이 일과 아무 상관 없지 않으냐고 기도하며 죄를 빌었다.

갑판 위 난간.

검은 그림자들은 지하실과 연결된 굵은 호스를 끄집고 올라왔다. 그들은 힘을 합쳐 호스를 배 밖으로 던졌다. 호스에서 검은 액체가 콸콸 쏟아졌다.

"시간이 없어!"

"더 힘을 주라고! 호스가 제멋대로 움직이잖아!"

"이러다 우리 모두 바다로 떨어지겠어!"

바다가 거친 밤엔 다마논드호 안에 숨어 나오지 않는 것이 상책이건만 어째서 이 남자 셋은 화난 바다와 맞싸우면서까지 꾸역꾸역 밖으로 나와 있는 것일까. 그들이 맡은 작업을 수행하기엔 오늘보다 더 좋은 날도 없으니까. 하늘에서 우르르 쾅쾅 소음이 울려 퍼지고 바다는 세상을 잡아먹을 기세로 달려드는 더없이 좋을 완벽한 밤이었다. 주의할 건 그들의 목숨뿐. 바다에 휩쓸려가지 않길. 벼락에 맞아 죽지 않길.

"용왕님이 지켜주실 거야! 믿어! 그뿐이야!"

"맞아. 죽는대도 상관없어. 용왕님을 위한 일이라면."

그들은 목숨을 바쳐 바다와 맞싸우고 있었다. 그만한 가치가 있는 일이었기에 선택받은 자들에게만 주어지는 기회였기에.

2.

 손을 뻗어 걷어찬 이불을 끌어 올렸다. 나쁜 꿈을 꾸었다. 온몸이 땀으로 축축하게 젖어있었다. 무슨 꿈이었는지 정확히 기억나진 않는다. 울부짖는 비명과 하늘이 깨질 것 같은 굉음만이 무성했다. 속이 울렁거렸다. 눈앞이 깜깜했지만 끔찍한 일이 벌어지고 있다는 확신 속에 잠에서 깼다. 산도는 오들오들 떨리는 몸을 이불로 감쌌다. 간밤에 날씨가 안 좋았던 게 틀림없다. 이런 날이면 언제나 나쁜 꿈을 꾸었다. 매번 같은 꿈이었다. 꿈을 꾸고 나면 영문 모를 불쾌함이 온종일 따라다녔다.

 "일어나!"
 아세스가 소리를 버럭 지르며 겨우 끌어올린 이불을 다시 걸었다. 꿈에서 시달리느라 대꾸할 힘이 남아있지 않았다. 산도는 웅크린 채 누워서 아세스를 올려다보았다.

"내가 아침마다 깨우러 와야겠냐?"

"누가 깨워 달래?"

"내가 깨우러 오지 않으면 네가 제때 일어날 수 있기나 해?"

"혼자 일어날 수 있어."

"웃기시네. 너 때문에 우리 반에 쌓인 벌점이 얼마나 되는지 알고나 그런 소릴 하는 거야? 아, 넌 그런 거 관심 없지? 이래서 아무나 수호그룹에 끼워주면 안 된다는 건데. 안 그래?"

"일어나면 될 거 아니야."

"게으른 것도 타고나는 거겠지."

아세스는 기어이 한마디 더 내뱉고선 방문을 꽝 닫고 나갔다. 아세스의 비아냥거림에 산도는 억지로 몸을 일으켰다. 세수를 하는 둥 마는 둥 대충 물만 적시고는 교복으로 갈아입었다. 산도의 가슴께에 수호그룹을 상징하는 돌고래 두 마리가 수놓아져 있다. 뜯어버리려고 가위를 꺼내든 적도 있었지만 이내 포기했던 건 그래봤자 품위 불량으로 벌점만 추가될 뿐 아무것도 달라지지 않으리란 걸 알기 때문이었다. 산도는 자신이 수호그룹의 소속되어있다는 것이 몸서리치게 부끄러왔다. 하루하루가 지옥 같았다. 학교를 벗어나도 갈 곳이라곤 기숙사뿐이었다. 산도는 어기적거리며 기숙사를 나섰다.

"그렇게 설렁설렁 걷다간 지각한다!"

마요가 산도의 등을 떠밀며 소리쳤다.

"저도 안다고요!"

발걸음이 떨어지지 않는 걸 어쩌라고. 산도는 고개를 푹 숙이고 발을 질질 끌며 학교로 향했다. 마요는 다마논드 사립학교 기숙사의 관리인이다. 지긋지긋한 수호그룹 생활을 지금껏 버틸 수 있었던 건 가까운 곳에 마요가 있어 주었기 때문이었다. 마요가 없었더라면 진작 어디로든 도망갔을 것이다. 그곳이 다마논드호 밖의 검은 바닷속이라 할지라도.

운이 좋았다. 아니다. 운이 나빴다고 해야 할까. 지각은 면했지만, 교실 앞에서 로지와 맞닥뜨렸고 곧장 종이 울렸다. 십 초만 빨랐어도 무사히 넘어갈 수 있었을 텐데. 로지는 산도의 담임이다. 인연인지 악연인지 몇 해째 산도의 담임을 맡고 있었다.

"아슬아슬했네. 언제쯤 책상 앞에 앉아서 날 기다리는 산도를 볼 수 있을까?"

로지가 깊은 한숨을 내쉬었다.

"죄송합니다."

산도는 허리를 굽혔다 펴며 선생님 뒤에 서 있는 낯선 아이를 훑었다. 기숙사에서도 마주친 적 없는 얼굴이었다. 산도는 그가 국립학교 출신임을 단번에 알아차렸다. 국립학교 중에서도 최하위그룹 소속일 것이다. 새것임이 분명한 교복과 가방 때문에 알아챈 것이 아니었다. 주눅 들어 보이는 표정이 거울 속에서 자주 보던 자기 얼굴과 매우 닮아있었다. 산도는 최하위계층이 가진 특유의 분위기를 감지했다. 그곳에서 살아본 적 있는 사람이라면 누구나 알 수 있을 것이다. 어둠조차 보이지 않을 깊고 짙은 검은 덩어리 속에 갇혀있는 것 같은 느낌. 마요는 그걸 두고 희망이 배제된 절망이라고 말했다. 마요 역시 그 절망 속에서 평생을 갇혀 지내왔던 사람이다. 산도의 시선이 불쾌했는지 로지 뒤에 선 아이가 소리를 죽인 채 입만 뻥긋했다.

뭘 봐.

입 모양만으로도 충분히 거친 말투를 느낄 수 있었다. 산도는 저 아이가 동지를 알아보지 못한다는 게 마냥 신기했다. 수호그룹에 소속된 지 10년째다. 산도를 쫓아다니던 검은 덩어리들이 그사이 희미하게 지워진 걸까. 입을 꾹 다물고 있으면 밑바닥에서부터 올라왔다는 걸 아무도 눈치채지 못할까. 세월이 좀 더 흐르면 본디 여기에서 태어났던 것처럼 완전히 스며들 수 있을까.

"들어가지 않고 뭐하니? 지각 처리되고 싶어서 그러는 거

16

야? 그렇게 해줘?"

로지의 까칠한 목소리가 어색하게 마주 보고 선 두 사람 사이의 정적을 깨뜨렸다.

"죄송합니다."

산도는 로지의 눈치를 살피며 슬그머니 교실 문을 열고 들어갔다. 교실은 바깥보다 더 조용했다. 책상 위에 엎드려 자는 아이도 있었지만 대부분 책을 들여다보느라 정신이 없었다. 시험 기간이었다. 이 교실에서 최소한 산도보다 많이 자고 일어난 사람은 없을 것이다. 악몽에 시달리며 괴로운 밤을 보내느라 공부를 못했다는 핑계가 무색하리만큼 모두 죽상을 하고 있었다.

"산도까지 무사히 등교했으니 오늘 출석부는 깨끗하겠구나."

로지가 교탁을 탁 내리치며 주의를 집중시키자 아이들이 하나둘 고개를 들었다. 뒤늦게 낯선 얼굴을 발견한 아이들이 술렁였다.

"전학생이 있어. 운이 없게도 시험 기간에 전학을 오고 말았지. 산도에 전학생까지, 반 평균이 팍팍 깎여 내려가는 소리 들리지? 그럼, 누가 더 열심히 해야 할까? 너희들이지. 선생님 말 알아들었지? 너희들이 이 두 녀석이 깎아내린 점수를 채워 넣어야 할 거야. 반드시."

"네."

모두가 전학생을 둘러싸고 있는 검은 덩어리를 눈치챘다. 산도와 전학생은 같은 부류의 불순물이었다. 선생님은 산도와 전학생이 어느 곳에서 태어나고 자랐는지 말해주지 않았지만 아이들은 단번에 알아챘다.

"자기소개해야지?"

"몬구입니다."

전학생은 이름만 덜렁말하곤 성의 없이 고개를 까딱했다.

"저기 가서 앉아. 산도가 몬구 좀 도와줘. 무슨 말인지 알지?"

산도도 무성의하게 고개를 끄덕였다. 선생님이 가리킨 자리는 산도의 뒤였다. 전학생은 어떤 자격으로 수호그룹에 속하게 되었을까? 졸업을 겨우 3년 앞두고 말이다. 전학생의 앞날이 산도처럼 외롭고 위태로우리란 걸 보지 않아도 알 수 있었다. 전학생은 또 하나의 산도였다.

"오늘 시험은 한 과목뿐이지?"

"네."

"한 과목뿐이라면 다들 착실히 준비했겠구나. 이번엔 반 평균 꼴찌에서 꼭 탈출해보자. 선생님이 기대해도 되겠니?"

일순간 모두 산도를 쳐다보았다. 산도는 고개를 푹 숙이고 책상만 내려다보았다. 산도의 성적이 반 평균을 깎아 먹는

데 큰 역할을 하고 있긴 하지만 이 반엔 전교 1등인 아세스 말고는 상위권에 이름을 올린 사람이 없는 걸 뻔히 아는데도 모두 산도 탓으로 돌렸다. 불순물과 한 공간에 있어서 분위기가 혼탁해졌다는 평계로 각자가 대면한 본인의 한계를 외면하려는 걸까.

"산도. 시험공부 좀 했니?"

로지가 팔짱을 끼며 산도를 뚫어져라 쳐다보았다.

"네."

거짓말이다. 산도는 오늘 시험 치는 과목이 무엇인지조차 알지 못한다. 사실 별 관심도 없었다. 공부를 해야 할 이유는 찾지 못했고 공부하지 말아야 할 이유는 분명했다. 수호그룹에 끼워준 대가로 전교 꼴등을 도맡아주겠다는 결심을 한 적이 있었다. 게다가 공부라면 생각만 해도 구역질이 날 만큼 진절머리 나게 싫기도 하고.

이 학교에서 도망치고 싶으냐고? 그런 시절도 있었다. 국립학교에 다녔다면 비슷비슷한 아이들 사이에서 하나도 튀지 않고 살아갈 수 있을 거라는 허튼 꿈을 꾸던 때. 지금은 아니다. 어떻게든 무사히 졸업하고 싶다. 원래 있던 곳으로 되돌려질까 봐 두렵기까지 하다. 다시는 그 무리에서 뒤섞여 살고 싶지 않다. 사립학교만 졸업하면 평생 수호그룹에 소속될 수 있다. 이깟 조롱과 혐오는 얼마든지 견딜 수 있다. 그곳에서 사는 것보다 백배 낫다. 무사히 졸업장을 따내고 수호그룹 소속이라는 명예를 명찰처럼 차고 다닐 거다. 그게 얼마나 삶을 안락하게 만들어주는지 알게 되었으니까.

다마논드호에선 아이들을 위한 모든 교육이 무상으로 지원된다. 일정 나이가 되면 다마논드 국립학교에 입학하여 삶에 필요한 지식을 습득하게 된다. 다만 선택적으로 다마논드 사립학교에 진학할 수도 있다. 까다로운 입학 조건을 뚫고 사립학교를 졸업하기만 한다면 순탄한 인생과 경제적 여유까지 보장받게 된다. 물론 사립학교 재학생의 대부분이 이미 그러한 인생을 선택받은 채 태어나긴 했다. 사립학교에 입학할 수 있는 가장 손쉬운 방법은 돈이다. 어마어마한 학비를 감당할 수 있는 자에게는 문이 활짝 열려있다.

반면 학비를 감당할 수 없다면 입구는 한없이 좁아진다. 다마논드호에 공여한 바가 큰 사람들의 자손들을 엄선해 장학생으로 받아주기도 한다. 또 특출하게 머리가 좋거나 특별한 능력이 있는 자 역시 회의를 거쳐 장학생으로 뽑기도 한다. 장학생들에게는 전액 장학금이 부여된다. 산도의 경우 특별장학생으로 선발되었다. 산도가 죄책감에 시달려야 하는 이유가 여기에 있다.

특별장학생. 산도가 입학하기 전엔 없던 말이었다. 산도에겐 다마논드호를 위해 큰일을 치러낸 조상도 좋은 머리도 특출한 능력도 없다. 아무 이유 없이 특별장학생으로 분류가 된 거다. 선생님들도 이유를 모르는 듯했다. 교장이라고 별반 달라 보이지 않았다. 부정한 방법이 아닌 이상 특별장학생으로 선출될 가능성은 없다. 그 이유가 가장 궁금한 건 다른 누구도 아닌 산도였다. 얼굴도 모르는 부모가 산도를 사립학교에 입학하도록 만들었을 리도 없다. 그들은 이미 죽고 없으니까. 부모 중 하나가 수호그룹이었을 가능성은? 입학하기 전까지 살아왔던 환경을 고려하면 감히 그랬을 거란 희망도 품을 수 없다.

모두가 수호그룹에 소속되고 싶어서 난리다. 사립학교 재학생과 그 출신들, 그 출신들의 가족을 두고 수호그룹이라고 분류지어 부른다. 다마논드호를 이끌어가고 지킬 사람들이라는 뜻이다. 수호그룹에 소속되면 자연스레 부와 명예를 쌓을 수 있으니 그 자손들도 대대로 수호그룹에 속할 수 있게 된다. 수호그룹 안에도 위계와 서열이 있다. 산도는 그 가장 밑바닥일 것이고 수호그룹과 수호그룹이 아닌 사람들의 경계에 서 있을 것이다. 산도도 알고 있다. 자신이 수호그룹과 하나도 어울릴 것 없는 부류의 사람이라는 걸. 수호그룹 바깥에서도 가장 밑바닥에 소속되었으니까. 산도에게 수호그룹은 하늘보다 더 높은 곳이었다. 그래서 버텨야만 한다. 짓밟히며 살더라도 여긴 다른 곳보다 높다.

국립학교 출신들이 할 수 있는 일과 사립학교 출신들이 할 수 있는 일은 완전히 다르다. 거주지도 다르고 소득도 다르다. 사립학교를 졸업하는 순간 국립학교 출신들과는 완전히 다른 출발선에 서게 되는 것이다. 아니, 그들은 원래부터 다른 출발선에 서 있었다. 태어나는 순간 모든 운명이 결정되는 것이다. 그들보다 앞서 달리는 게 아니다. 그들보다 높은 곳에 올라서게 되는 것이다. 아무리 빨리 달린다 해도 수호그룹 출신들을 따라잡을 수는 없다. 같은 공간에서 달리고 있지 않기 때문에. 수호그룹 출신들은 수호그룹 출신들끼리 경쟁해야 한다. 산도가 아무도 사람 취급해주지 않는 이 외로운 공간에서 지쳐 나가떨어지지 않고 버티는 이유가 바로 이것이다.

사립학교에 발을 디딘 순간부터 산도의 인생은 완전히 달라졌다. 주변 환경부터 입고 먹는 것까지 모두. 이 학교를 무사히 졸업한다는 건 인생의 나락으로 떨어지지 않아도 된다는 걸 의미한다. 모두에게 무시당하는 처지지만 그게 뭐 어때. 수호그룹에 소속되어있다는 것만으로 부술 수 없는 벽에 둘러싸여 보호받으며 살게 된다. 산도의 목표는 무사히 사립학교를 졸업하는 것이다. 학교에서 쫓겨날 만한 행동은 하지 않으면서 수호그룹의 밑바닥을 도맡을 사람이라는 것을 넌지시 티를 내고 다닌다면 눈 밖에 나지 않고 졸업장을 받을 수 있을 것이다. 어디에서나 밑바닥에 깔릴 사람이 필요하다. 수호그룹이라 할지라도.

"반 평균 꼴찌 탈출을 위해서 산도에게 행운이 함께 하길 기도해보자."

로지가 비아냥거리자 아이들이 피식거리며 비웃는 소리가 들려왔다. 이런 일은 일상이라 아무렇지도 않다. 산도는 가방에서 연필을 꺼낸 후 가만히 눈을 감았다. 빨리 시험이나 치고 기숙사로 돌아가 아무도 없는 방에서 잠이나 자고 싶다.

3.

마요는 기숙사 정문을 걸어 잠그고 부랴부랴 37 주거 단지촌으로 뛰어갔다. 학생들이 모두 등교하고 난 후에야 잠깐 쉴 시간이 주어진다. 그조차 단 한 명의 학생도 기숙사에 남아있지 않아야 가능하다. 얼마 전까지만 해도 교대근무를 했었는데 다른 직원이 갑자기 사망하면서 혼자서 모든 업무를 담당하게 되었다. 인력 보충을 요청했지만 예산 부족으로 인력이 보충되면 기본급이 삭감될 거라는 답변만 돌아왔다. 그렇지 않아도 업무량에 비해 급여를 과하게 가져간다는 말이 돌고 있어 곤란했다는 것이다. 급여 삭감이라니. 부당하다. 혼자 해내고 있는 일을 줄줄이 읊어대고 싶은 심정이다.

기숙사의 자질구레한 일들은 모두 마요의 몫이었다. 학생들이 마요를 하인처럼 부릴 때도 찍소리 안 하고 그들의 말을 따라야 했다. 기숙사의 학생들은 수호그룹 소속이고 그들의 대단한 부모들 한마디면 일자리를 잃는 건 일도 아닐 테니까. 부당함을 호소할 수는 없었다. 사립학교 기숙사 관리인이라니. 애초에 마요 같은 사람이 넘볼 수 있는 자리가 아니었다. 과분한 직업을 가질 수 있게 된 건 선장의 배려 덕분이었다. 그러니 어떤 상황에서도 군말 없이 이 자리를 지켜내야 했다.

37 주거 단지촌으로 들어서자마자 악취가 코를 찔렀다. 한때는 매일 맡았을 익숙한 냄새가 고작 몇 달 사이에 낯설어지다니. 마요는 인상을 찌푸리며 낡은 건물로 들어서 지하로 향하는 계단을 내려갔다.

B207.

마요가 태어나고 자란 곳이다. 교대근무가 가능했던 시절에는 이곳에서 잠을 자고 밥을 먹었다. 37 주거 단지촌 거주자들은 이곳의 악취를 인지하지 못한다. 이 냄새는 곧 마요의 냄새이기도 했다. 마요를 마주칠 때마다 인상을 찌푸리는 학생들의 얼굴이 떠올랐다. 마요는 무거운 한숨을 연달아 내쉰 후 인상을 폈다. 미소를 지으려고 노력을 하며 문을 잡아당겼다.

"왔어?"

수지가 무거운 몸을 힘들게 일으켰다. 보름 만에 돌아왔다. 마요는 관리실 한편에서 쪽잠을 잔다. 마요를 대신해 관리실을 지켜줄 사람이 없으니 앞으로도 집에서 잠을 잔다는 건 불가능에 가까울 것이다. 관리실에서 꾸벅꾸벅 조는 것으로 수면을 채우는 것이 처량하다는 생각은 호사에 겨운 투정이었다. 쪽방에 앉아있는 수지를 보자 자신이 분수에 비해 호강하며 지내고 있다는 사실이 새삼 피부에 와 닿았다. 이 집에 비하면 관리실은 사치스러우리만큼 좋으니까.

"밥은?"

수지가 뒤뚱거리며 마요에게 다가왔다. 마요는 수지의 눈길을 피하며 물었다.

"먹었지."

수지가 무구하게 웃으며 말했다. 마요는 어지러운 집안을 훑었다. 둘이 지내기엔 터무니없이 좁고 갑갑한 공간이었다. 기숙사 관리실에서 지내게 된 것이 수지를 위해선 더 나은 일이었을지도 모르겠다.

"잘 챙겨 먹어."

"챙겨 먹고 있어. 내 걱정은 마."

왜 저렇게 웃는 걸까. 수지의 얼굴을 보자 화가 치밀어 올랐다. 너를 지하의 쪽방에 갇혀있어야만 하는 신세로 만든 게 난데 어떻게 그 면상을 보며 웃을 수가 있니. 미안하게.

안 그래도 죽고 싶을 만큼 미안한데 대체 얼마나 더 미안해 하라고.

"도와줄 사람을 찾아보곤 있어."

마요가 퉁명스럽게 한마디 뱉었다.

"필요 없대도. 나 혼자 어떻게든 해본다고 했잖아. 내 걱정 은 마."

"뭘 자꾸 걱정하지 말래? 대체 네가 뭘 할 수 있다고 그 래? 이 방구석에서 한 발짝도 못 나가는 신세면서."

"난 괜찮아."

"뭐가 괜찮다는 거야! 네 꼴을 좀 봐!"

마요가 버럭 소리를 질렀다. 수지가 움찔 놀라며 배를 감 싸 안았다.

"미안해. 여기서 이러고 있는 널 보니까 나한테 너무 화가 나서."

곧장 사과했지만 마요의 말투는 여전히 짜증스러웠다.

"괜찮아. 이해해. 너 힘든 거 다 알아."

수지는 웃어 보였지만 배에서 손을 떼어내진 않았다.

"자."

마요가 묵직해 보이는 종이가방을 내밀자 수지가 머쓱해하 며 손을 내밀었다.

"고마워."

"고마워할 필요 없어. 별거 아니니까."

"구하느라 애썼을 거 아니야. 고마워."

유통기한이 긴 인스턴트 음식들이 전부였다. 신선한 채소 나 과일은 엄두도 안 나는 가격이라 감히 담지도 못했다. 수지의 배는 임신 막달인 산모치고는 작았다. 제대로 먹지 못해서이리라. 기숙사 식당의 남은 음식들을 가지고 나와 수지에게 주던 때도 있었다. 남은 음식을 밖으로 반출하는 건 원칙적으로 금지되어있지만 마요를 딱히 여긴 조리사가 몰래 음식을 챙겨주었다. 역시나 행운은 오래가지 못했다. 조리사가 버려야 할 음식을 밖으로 빼돌리고 있다는 사실을 눈치챈 영양사가 조리사를 해직시켰다.

"한 번 안 만져봐? 우리 아이가 아빠를 얼마나 기다렸는데."

마요가 현관에 서서 집 안으로 들어갈 엄두를 내지 못하자 수지가 배를 내밀고 마요 앞으로 다가왔다. 마요는 천천히 수지의 배로 손을 뻗었다. 마요는 '자격'에 대해 자주 생각했다. 이런 세상에선 '자격'이 없는 사람은 책임질 일을 벌여서는 안 된다고 생각한다. 책임질 수도 없는 생명을 무책임하게 만들어버렸다는 죄책감에 단잠을 자본 적이 언제인지 기억도 나지 않을 만큼 마음이 무거웠다. 수지의 배가 티가 날 정도로 부르자 수지는 마요의 집에 자발적으로 갔다. 그나

마 배가 늦게 불러와서 오래 숨길 수 있었다. 수지는 원래 세 명의 동료와 마요의 집과 다를 게 하나 없는 곳에서 함께 살았다. 체리를 따고 일당을 받으며 하루하루를 이어왔었다. 사다리를 타고 올라가 체리를 딸 때마다 누군가 아래에서 지켜보며 수지의 불러오는 배를 수상하게 여기지 않을까 하는 걱정에 매일 피가 말랐다. 그래서인지 체중도 별로 증가하지 않았다. 수지는 잠시 쉬고 싶다고 말하며 체리 농장을 관뒀다. 함께 살고 있는 동료들에겐 말도 없이 밤사이 몰래 도망쳤다. 수지에게 가족 하나 없다는 걸 아는 동료들이 어디로 갈 거냐고 물을 게 뻔했기 때문이다.

"괜찮아. 넌 아빠잖아."

손을 뻗기만 할 뿐 감히 배에 손을 얹을 엄두를 못 내는 마요의 손을 수지가 끌어당겼다.

"움직여."

뭉툭한 것이 불쑥 튀어나와 마요의 손바닥을 툭 쳤다. 놀란 마요가 움찔하며 눈을 휘둥그레 뜨자 수지가 깔깔대며 웃었다.

"아빠를 알아보는 거라니까."

마요의 눈에 눈물이 고였다. 수지는 마요의 눈물을 모른 척했다. 아기의 존재를 숨길 수밖에 없는 못난 부모지만 목소리에 언제나 반응해주는 게 고마웠다.

"미안해. 넌 날 만나면 안 되는 거였어. 우리 아기도…. 자격이 충분한 남자를 만났으면 이런 고생하지 않아도 됐을 텐데. 우리 아기도 축복받으면서 태어날 수 있었을 텐데."

마요가 고개를 푹 숙였다. 아기의 존재가 이제야 실감이 났다. 부족한 부모를 만나 탄생의 순간에 축하받지 못할 아기가 가여웠다. 돈이 필요하다. 더 많은 돈이. 뼈가 부서지게 일하면 아기를 지킬 수 있을까. 돈이 충분히 있으면 다 해결될 문제일까.

"그게 무슨 소리야. 그런 소리 입에 담지도 마."

수지의 배 속에 아기가 있다는 게 적발되면 낙태해야만 한다. 운 좋게 아기를 낳는다고 해도 수지와 마요가 아기를 키울 수는 없다. 아기는 인구수용의 여유가 있는 배에 입양될 것이다. 아기의 존재를 들키지 않고 계속 키울 수는 없을 테니 수지와 마요도 마음의 준비를 하고 있다. 지금의 목표는 아이를 무사히 출산하는 것. 죽임을 당하는 것만은 막아주고 싶다. 그것이 부모로서 해줄 수 있는 전부이자 유일한 일이었다. 수지와 마요의 아기로 사는 것보다 여유롭고 넉넉한 집의 아기로 사는 게 더 나을지도 모른다. 그래도 아기와 헤어져야 한다는 생각만 하면 가슴이 찢어졌다.

"몸 잘 챙겨. 또 올게."

마요가 서둘러 뒤돌아섰다. 수지는 쾅 닫히는 문 틈새로 떨어지는 마요의 눈물을 보았다. 마요 앞에선 애써 밝은 척을 했지만 수지라고 마냥 괜찮기만 할 리가 없었다. 세상에 태어나게만 해주자는 마음으로 아기를 지키고 있긴 한데 이것이 정말로 아기를 위한 것일까. 어떤 인생은 태어나지 않는 편이 더 낫기도 하니까. 마요가 다녀갈 때마다 고민이 더 깊어졌다. 수지를 보는 마요의 얼굴이 전혀 행복해 보이지 않았다.

"아가. 엄마는 괜찮은데, 넌 괜찮니?"

수지는 차가운 손으로 따스한 배를 문지르며 미소 지었다. 아기와 영원히 함께일 수는 없는 거겠지. 얼마 남지 않은 시간을 슬퍼하기만 하며 보내고 싶지 않았다. 아기가 아빠를 오랜만에 만난 오늘 같은 날에는 더더욱. 마요의 심정을 이해 못 하는 것도 아니다. 기숙사에서 웃고 떠드는 학생들의 목소리를 들으며 자신을 탓했을 거다. 수지 역시 그러하니까. 아기의 잘못이라곤 좋은 부모를 만나지 못한 죄밖에 없다. 사실 그건 아기의 잘못도 아니다. 마요와 수지의 잘못이고 실수였다.

다마논드호에 출산의 자유는 없다. 모든 사람이 임신하기 전에 임신 허가서를 제출해야 한다. 임신 허가서는 정식으로 결혼을 한 부부만 제출할 수 있다. 결혼이라고 예외인 것은 아니다. 임신 허가서가 통과되기 어려운 만큼 결혼허가서도 통과되기 쉽지 않다. 제 몸 하나 지키기 어려운 사람들에겐 가정을 갖는 것이 허락되지 않는다. 누군가에겐 결혼도 출산도 너무 쉬운 일이겠지만 누군가에겐 불가능에 가까운 일이다.

다마논드호의 인구는 이미 수용할 수 있는 범위를 벗어났다. 국립학교는 오전반 오후반으로 나누어 수업해야 할 지경이고 일자리는 턱없이 모자랐다. 가진 것이라곤 몸뚱이뿐인 마요나 수지 같은 사람들은 삶을 안정적으로 만들어줄 직업은 갖기가 어려웠다. 경기마저 안 좋았다. 다마논드호의 부채는 늘어만 가고 출산 제한정책에도 인구는 감소할 줄을 몰랐다.

최하위계층에게 출산은 금지된 것이나 다름없었다. 수지나 마요처럼 가진 것도 없고 비전도 없고 뛰어난 유전자를 가지지도 못한 사람들 말이다. 수지도 덜컥 임신하게 되기 전까진 출산 제한정책을 지지했다. 출산은 본인의 삶을 고스란히 물려줄 아기와 만나는 일이다. 아무리 발악한다고 해도 한계는 극명히 존재한다. 아기는 결코 부모보다 더 나은 삶을 살 수는 없는 것이다. 물려줄 것이 가난과 허기뿐인 삶이라면 그보다 못한 삶을 살게 될 아이는 만들지 않는 게 나을 것이다. 아기를 가진 지금도 그 생각엔 변함이 없지만, 아기와 같이 살 방법이 있지는 않을까 소망하게 된다. 아기를 위해서라면 뭐든 할 수 있을 것 같다. 누군가 기적 같은 자비만 베풀어준다면 시키는 건 뭐든 해줄 수 있을 텐데. 방법을 찾아달라고 구걸이라도 해볼까. 아기가 발을 힘껏 뻗었다. 태동은 웃음을 선물해준다. 아기와 같이 있을 수만 있다면 이 쪽방에 평생 갇혀 지내라고 해도 상관없을 것 같다. 아기도 그렇게 생각할까. 구걸하여 얻은 삶을 행복해할까. 정말로 이기적이다.

수지는 마요가 싸 온 인스턴트 캔을 뜯어 입안에 털어 넣었다. 물컹한 콩알이 입안으로 후드득 떨어졌다. 어제는 온종일 굶었다. 먹을 것이 다 떨어졌는데도 밖에 나갈 수가 없었다. 마요가 오기만을 애타게 기다렸다. 마요도 수지처럼 기숙사에 갇힌 신세라는 걸 모르는 게 아니기에 투정을 부릴 수가 없었다. 처량한 기분이 아기에게 전달될까 봐 수지는 씩씩하게 콩을 씹으며 콧노래를 불렀다. 희망을 잃지 않으려고 한다. 이 방에 살던 어떤 아이도 꿋꿋하게 살아남아 사립학교에 입학하는 기적이 생기는 걸 두 눈으로 똑똑히 보았으니까. 수지의 뱃속에서 신나게 놀고 있는 이 아기에게도 그런 기적이 생겨나지 않으리란 법은 없으니까.

"엄마가 널 지켜줄게."

아직도 배가 고팠지만, 캔의 뚜껑을 덮어 한 구석에 밀어 넣었다. 마요가 언제 다시 올 수 있을지 기약할 수 없다. 그 날까지 아기와 잘 살아남으려면 조금씩 아껴서 먹어야 한다. 수지는 바닥에 누워 눈을 감았다. 마요와 아기와 수지, 셋이 이 방에 옹기종기 모여 노래를 부르는 상상을 한다. 그런 날 이 꼭 올 것만 같아 눈물이 흘렀다.

4.

다마논드호의 생활관인 본부 제1동의 스카이라운지에는 극소수의 사람만이 출입할 수 있는 VIP실이 있다. 붉은 소파는 상아색의 둥근 테이블을 둘러싸고 천장의 조명은 달이 밝은 밤처럼 은은하게 사방을 밝힌다. 단정히 머리를 쓸어 넘긴 사람들은 구김 없는 차림으로 VIP실 이곳저곳에 무리를 이루어 흩어져있다.

VIP실의 문이 다소 소란스럽게 열렸다. 사람들이 일제히 고개를 돌렸다. 순식간에 VIP실이 고요해졌다. 부쩍 야윈 얼굴의 왕부가 별로 무겁지도 않은 문을 힘겹게 밀며 등장했다. 몇몇 사람이 고개를 까딱이며 형식적인 인사를 건넸지만, 대부분은 냉정한 눈빛으로 절룩거리는 왕부의 걸음을 따라보기만 했다. 사람들 사이에 무거운 기운이 감돌았다.

"오셨습니까?"

문가에 서 있던 사람이 불편함을 못 이기곤 먼저 숨 막힐 듯한 정적을 깨부쉈다. 왕부는 대꾸 없이 서툰 걸음을 내디뎠다. 일부로 못 들은 척하는 게 아니었다. 휠체어를 타고 다니는 모습을 보여주기 싫어 엘리베이터에서부터 혼자 힘으로 서 있었더니 허리가 구부러질 것처럼 고통이 밀려왔다. 다리가 으스러질 듯 후들거렸지만 약해진 모습만은 절대 들키고 싶지 않아 버티고 있었다. 끙 앓는 소리를 내며 붉은 소파의 끄트머리에 털썩 주저앉고 나서야 주변의 상황이 눈에 들어왔다. 모두가 자신을 쳐다보며 묘한 표정을 짓고 있었다.

"다들 정신이 나간 게야?"

왕부가 버럭 소리를 질렀다. 그의 목에서 쇳소리가 났다. 두 달 전 제사를 올리던 날만 해도 우렁찼던 목소리가 찢어진 채 바람에 나부끼는 종이 쪼가리 같았다.

"옷이 흠뻑 젖으셨네요. 밖에 비라도 오는 모양입니다. 우산, 없으십니까? 하나 사드릴까요? 하하하."

다마논드은행 총재인 아르버스가 고개를 뒤로 젖히며 호탕하게 웃었다. 그의 웃음소리에 분위기가 부드러워졌다.

"감히!"

왕부가 주먹을 불끈 쥐며 화를 냈지만 아무도 그의 목소리를 듣지 못했다. 별로 요란하지 않은 소란에도 파묻힐 만큼

그는 약해져 있었다. 사람들이 왕부의 곁으로 몰려들었다. 왕부의 몸은 땀으로 흥건하게 젖어있었다. 아직도 이마에선 굵은 땀방울이 뚝뚝 흘러내리고 있었다. 새것으로 갈아입은 옷은 비를 쫄딱 맞은 것처럼 축축했다.

"여기까지 오느라 수고하셨습니다."

아르버스는 예의를 갖춰 말했지만, 그 누구의 귀에도 공손하게 들리지 않았다.

"중요한 날을 앞두고 있는데 이 뭣들 하는 짓인가!"

"오호! 기억하고 계시는군요! 잊으신 줄 알았습니다. 정신도 오락가락하신단 소문이 돌아서."

"뭐야?"

왕부는 당장이라도 벌떡 일어나 따질 것처럼 아르버스를 매섭게 쏘아보았다.

"그만합시다. 그래도 아직 왕부님이신데…."

법무부장관인 호세가 아르버스의 어깨를 지그시 누르고는 그의 앞을 가로막고 섰다.

"그래요. 당신이 고상하게 전달해주시오. 고상하지 못한 난 이쯤에서 빠져주지. 하하."

아르버스는 손에 들고 있던 잔의 와인을 한입에 털어 마시곤 왕부 앞에 빈 잔을 올려 보았다.

"왕부님."

호세가 정중한 목소리로 왕부를 불렀다.

"제정신이 아닌 건 내가 아니라 여기 모인 사람들 같군."

왕부가 진정되지 않는 마음을 억누르며 혼자 중얼거렸다.

"알지요. 이번 주가 얼마나 중요한지 저희도 다 알지요. 두 달에 한 번 용왕님이 계신 바다에 제를 드리는 날이 바로 이번 주말에 있지 않습니까."

"알면서 감히 나를 불러? 이 신성한 주간에?"

한눈에 봐도 왕부의 상태는 무척이나 나빠 보였다. 왕부의 파리한 입술에서 목소리가 흘러나올 수 있다는 게 신기할 정도였다. 위엄을 잃지 않으려 허리를 꼿꼿이 세우고 앉은 모습이 왕부를 더 안쓰럽게 보이도록 만들었다.

"때가 왔습니다. 예상보다 좀 이르긴 하지만요. 왕부를 교체해야겠습니다. 새 왕부는 이미 준비가 되어있습니다. 왕부님은 이번 제사에서 은퇴를 발표하시면 됩니다. 새 왕부에게 왕부의 자리를 물려주시면서 말입니다."

"누구 멋대로!"

왕부가 고개를 치켜들고 눈을 부라렸지만, 그의 눈동자는 힘없이 날아다니는 파리 한 마리 같았다.

"보십시오. 혼자서 앉아있기도 어려운 상태이지 않습니까. 왕부님을 위해서 드리는 말씀입니다. 이제 자리를 내려놓으세요."

"날 위해? 웃기고들 있네. 날 위해서가 아니라 여기에 있는 사람들을 위해서겠지! 너희들의 자리를 지키고 싶어 내 자리를 뺏으려는 거 누가 모를 줄 알아?"

"다마논드호의 미래를 위해서이기도 하지요. 더는 지체할 수 없어요. 당장 내일을 장담할 수 없는 사람에게 왕부의 자리를 맡길 수 없다는 게 저희의 판단입니다."

왕부는 눈을 질끈 감고 입술을 꽉 깨물었다. 거칠어진 살갗이 삐쩍 마른 얼굴을 더욱 볼품없이 보이게 했다.

"하늘이 노하면 바다가 벌할 것이니 죄 많은 인간아 속죄하라. 나, 하늘이 보살피고 바다가 선택한 왕부를 복종하고 섬기며 극진히 대접하라 그리하면."

왕부가 채 말을 끝마치기도 전에 호세가 손을 휘저으며 말을 끊었다.

"뭔가 착각하고 계신 거 같은데, 왕부님을 택한 건 바다가 아닙니다. 왕부님을 그 자리에 앉혀놓은 건 우리지요. 우리가 새로운 왕부를 찾아낸 것처럼 말이죠. 아무래도 먼저 보여드리는 게 나을 거 같네요. 인수인계도 해야 하니 얼굴을 미리 익히는 게 서로 편할 거 같으니까요. 들여보내세요!"

호세의 손짓에 벽 뒤쪽으로 나 있던 문이 열렸다. 문 뒤로 멀뚱히 서 있는 건장한 청년 하나가 모습을 보였다.

"소개하죠. 앞으로 다마논드호의 새 왕부가 되실 분입니다."

사람들이 박수를 치며 환영하자 청년이 머리를 긁적이며 앞으로 걸어 나왔다.

"나에게 복종하라! 하늘이 보살피고 바다가 선택한 왕부는 오직 나 하나이니!"

이미 기력이 쇠할 대로 쇠한 왕부의 언짢은 언성은 하나도 위협적이지가 않았다.

"이보세요! 그만 좀 하시죠!"

"죄 많은 인간아! 속죄하고 또 속죄하라!"

"우리가 왕부님을 잘 대접하며 마무리할 수 있게 협조해주세요. 그렇게 해준다면 원로 왕부의 자리에서 지금처럼 먹고 사는 것엔 전혀 문제가 없도록 도와드리겠습니다."

참다못한 왕부가 온몸을 바들바들 떨면서 일어섰다.

"내 여기 모인 사람들의 얼굴을 하나하나 다 기억할 것이다! 나에게 퍼부은 모욕적인 말들을 잊지 않을 것이다! 하늘이 분노하고 바다가 복수할 것이다!"

왕부는 VIP실에 보인 사람들을 훑으며 소리쳤지만, 사람들의 눈엔 그저 위태로워 보이기만 했다.

"적당히 사람대접해줄 때 알아서 물러나면 좀 좋아?"

벽에 기대어 상황을 지켜만 보고 있던 그래니가 뚜벅뚜벅 걸어오며 입을 뗐다. 그의 목소리에 주위가 삽시간에 조용해졌다. 그래니는 다마논드호의 3대 기업 중 하나인 필리스템의 회장이다.

"무례하구나!"

왕부는 발끈하며 그래니를 노려보았지만, 그의 눈동자는 두려움에 미세하게 흔들리고 있었다.

"그러게 누가 몸 관리를 그딴 식으로 하라고 했나. 오십 대 후반에 왕부의 자리에서 물러난 사람은 없었다고. 알아? 꼴이 대체 그게 뭐야?"

그래니는 주위의 눈은 상관치 않고 반말을 퍼부었다. 병세가 악화되며 부쩍 야위어진 탓에 고작 다섯 살 어린 그래니와의 나이 차이가 더 크게 느껴졌다.

"곧 좋아질 거야. 괜찮아질 거라고."

"그래? 당신의 용왕이 기적을 일으키기라도 할 계획인가 보지?"

"비꼬는 건가? 감히? 네 따위가?"

"우리 주장엔 근거가 있고, 당신의 믿음은 막연한 바람이지. 당신의 몸 상태에 대해선 이미 다 들었어. 우리가 당신의 사생활에 대해 어떤 보고도 받지 않았을 거로 생각하나? 아무 능력도 없는 거지를 대단한 자리 하나 만들어서 앉혀준 우리의 은혜를 그새 잊은 거야?"

"천벌을 받을 것이야!"

"내려 봐. 그 천벌이란 거. 당장 내려 보라고. 증명해보라고."

"감히 용왕님의 능력을 시험하려고 해?"

"뭐 천벌을 받든 말든 그건 내가 알아서 할 일이고. 당신은 자리 비울 준비나 해줘야겠어. 당신, 치료가 불가능하다더군. 왕부의 교체는 선택이 아니라 필수야. 아파서 죽어가는 왕부 따윈 필요 없어."

"그런 건 네 놈들이 왈가왈부할 수 있는 문제가 아니란 걸 정녕 모른단 말이냐!"

"고분고분하게 말 듣는 게 좋을 거야. 곱게 대화로 푸는 건 오늘이 마지막일 거거든."

"뭐야?"

"오늘까진 걸어서 나가도록 해줄게. 하지만 다음번에 우리가 또 여기서 만난다면 각오는 해야 할 거야. 그땐 걸어서 나가지 못할 거거든. 어차피 곧 죽을 텐데 수명 좀 앞당겨줘?"

"두렵지도 않은가!"

"뭘? 내가 뭘 두려워해야 하는 거지? 아. 바다. 용왕. 하늘. 그딴 거? 그래. 내가 천벌을 받게 된다고 해보지. 근데 어쩌지? 그건 당신과 아무 상관도 없는 일인데. 왜냐고? 당신도 다 알고 있지 않아? 당신이 믿으라고 주장하는 용왕은 그저 세상의 질서를 유지하기 위해 인간이 만들어낸 거짓이라는 걸. 당신은 그 거짓을 진실로 만들어줄 도구에 불과하단 것도. 이제껏 잘 이용해 먹었잖아. 그 덕에 편하게 먹고 살았잖아. 내려오는 게 그렇게 힘들어? 원래부터 그 자리가 당신 거였던 거 같아? 먹고 사는 데에 아무 지장 없게 해준다니까. 뭔 욕심이 그렇게 많고 무슨 미련이 그렇게 남아서 그러는 건지, 참."

그래니는 청년에게 다가가 등을 두어 번 툭툭 두드렸다.

"잘 봐두라고. 권력의 맛에 취하면 사리 분별이 어렵게 되지. 우리는 널 저 자리에 올려놓을 거야. 기억해. 네가 가지게 될 것들은 네가 이룬 것들이 아니란 걸. 그걸 잊으면 저렇게 추해지는 거야. 누구에게 고개를 숙여야 하고 누구에게 허리를 굽히면 안 되는지 이제 좀 감이 오나?"

청년은 가만히 고개를 끄덕이며 VIP실에 모인 사람들의 얼굴을 눈에 담았다. 기억해야 한다는 말을 주문 외우듯 되풀이하며.

"네가 할 일은 거짓을 진실로 만드는 거지. 그걸 두고 믿음이라고 하는 거야."

그래니는 '믿음'이라는 단어를 말할 때 부러 힘을 주어 또박또박 말하며 왕부를 똑바로 바라보았다.

"ㅎㅎㅎㅎㅎㅎ"

왕부가 소파에 기대어 앉으며 실실 웃기 시작했다. 왕부의 기분 나쁜 웃음소리는 어딘지 오싹하게 들렸다.

"진실이 아니라고 말하는군. 그래. 너 같은 녀석에게 믿음이 있을 거라 애초부터 생각하지 않았지."

왕부는 창밖을 지그시 바라보았다.

"하늘이 어둡구나. 이게 벌써 며칠째지? 이토록 오래 비가 그치지 않은 적이 있었던가?"

왕부가 두 팔을 하늘로 높이 뻗으며 알 수 없는 말을 중얼거리기 시작했다. 휘청거리던 그의 목소리가 점점 단단해졌다. 날카로운 꼬챙이가 성대를 긁는 듯 고통스러워 보였지만 왕부의 입에서 줄지어 나오는 말들은 묵직하게 VIP실을 채워나갔다.

"권력에 취해서 자신을 속이기로 작정하셨군. 왕부. 당신의 귀에 용왕의 목소리가 들리는가? 그래. 용왕이 뭐라던가? 당신의 죽어가는 육체의 회복을 장담하던가? 아니면 부활을 약속하던가?"

왕부가 중얼거리는 걸 멈추며 천천히 눈을 떴다.

"옛날에도 용왕의 심판이 내린 적 있다고 전해지지. 검은 물이 온 세상을 뒤덮어 배에 오르지 못한 것들은 사람이든 짐승이든 싹 쓸어버렸다고 했다. 용왕이 노하면 심판은 부지불식간에 도래할 것이다. 그때가 멀리 있다고만 생각하는 어리석은 자들이여! 나에게 순종하라!"

"당신이 순종해야 할 사람들이 여기에 전부 모여 있지. 넌 우리의 개야. 짖으라면 짖고 물어오라면 물어와야 하는."

그래니는 멈추지 않고 말을 계속 이어갔다. 너무 오래 참았다. 진작 해주었어야 할 말을 왕부라고 참고 넘어가 준 게 잘못이었다. 새 왕부 앞에서 서열을 제대로 잡아주어야겠다. 이딴 인간을 왕부랍시고 대우해주는 것도 역겨웠는데 마지막까지 추잡하게 만드는 꼴을 두 번은 겪을 수 없다.

"신이 있다고 생각하나? 그래서 우리가 지금까지 당신의 그 가증스러운 행동들을 가만히 참고 넘어가 준 것 같아? 당신이 어느 순간부터 무슨 신이라도 된 것처럼 구는 게 수상쩍긴 했지. 이해해. 신이란 게 별 건가. 사람들이 떠받들어주면 그 사람이 신이 되는 거지. 우리도 당신의 그 퍼포먼스가 필요했으니까 그냥 내버려 둔 거야. 진짜같이 구는 게 꽤 그럴싸하기도 했거든. 사람들이 현혹되는 게 안타깝기도 했지만, 그냥 뒀어. 보기 좋기도 했고. 가짜는 그럴싸해 보일 때 더 빛나 보이니까. 건강관리 좀 잘하지 그랬어 팔자에도 없는 호강에 몸이 놀란 건가? 그게 뭐야. 장기가 다 썩어가고 있다니. 별로 나이가 많은 것도 아니잖아. 우리 아버지는 팔십이 훌쩍 넘으셨는데도 아주 건강하시다고."

"당연한 거 아닌가? 너희들은 몸에 좋다고 하면 그게 뭐든

다 찾아서 먹어왔으니까. 치매를 예방한다며 인간의 뇌도 삶아 씹어 먹던 종족이 너희들인 걸 내가 모를 줄 알았나. 신생아의 혈액이 만병통치약인 듯 마셔대 온 게 공공연한 비밀 아닌가. 백 살은 거뜬할 테야. 세상 참 불공평하지?"

"불공평해야지. 불공평은 인생의 진리니까. 불공평해야 공평해지거든. 그게 이 세상을 움직이게 만든다고. 이제 다시 공평해질 시간이지. 당신 같은 사람이 너무 오래 살면 어린 생명들이 태어날 기회를 박탈당하지 않는가. 어떤가. 죽음을 앞둔 기분이."

"내가 정말 죽을 거라 생각하나?"

"그러면 당신이 계속 살 수 있을 거라 생각해?"

"잠깐 고난을 겪고 있는 것뿐이야."

"그건 당신 사정이고. 우린 당신의 고난을 기다려줄 의향이 없거든. 그런 건 혼자서 즐기라고. 그 자리에 당신을 올려놓은 건 우리니까 당신이 내려올 때도 우리가 결정하는 거야."

길어진 언쟁에 목이 탔다. 그래니가 헛기침하며 손가락을 까딱이자 호세가 잽싸게 잔에 와인을 따라 그래니에게 건넸다. 그래니는 향을 음미하며 천천히 와인을 마셨다. 썩어가는 몸뚱이와 입씨름하느라 고역이었는데 풍성한 와인 향으로 입 안을 가득 채우니 견디기가 수월했다.

"이번 주에 있을 해천제에서 왕부 교체를 발표하도록 하지.

시키는 대로 하는 게 좋을 거야. 남은 세월, 원로 왕부로 대접 받으며 호의호식하고 싶다면 말이야. 아, 그 전에 먼저 당신이 쾌차하길 기도하지. 당신의 용왕님께. 호의호식을 오래 못 누리고 그렇게 일찍 가버리면 아깝지 않은가. 역시 건강이 최고지. 자. 우리 다 같이 잔을 올립시다. 왕부의 건강을 위하여!"

그래니가 호탕하게 웃으며 잔을 들어 올리자 사람들이 빈손을 따라 올리며 소리쳤다.

"건강을 위하여!"

그래니는 흡족한 얼굴로 스피커의 볼륨을 키웠다. 웅장한 음악이 VIP실을 채워갔다. 음악을 신호로 사람들이 흩어졌다. 한결 가벼워진 표정이었다. 이 정도 진통은 다들 예상했었다. 가져본 자들은 다 안다. 움켜쥔 것을 내어놓기가 얼마나 힘든지. 자신의 힘으로 얻게 된 것이든 남이 쥐여준 것이든 상관없이.

"이름이 곤야라고 했던가?"

"네."

"그래. 곤야."

그래니는 멀뚱멀뚱 선 채로 어쩔 줄 몰라 하는 곤야의 곁에 다가가 섰다.

"자네도 내가 무례했다고 생각하는가?"

곤야가 세차게 고개를 저었다. 그래니가 곤야의 어깨에 손을 올리며 가벼운 한숨을 내쉬었다. 곤야의 등이 땀으로 흠뻑 젖어있었다.

"앞으로 어떻게 처신해야 하는지 잘 알아들었겠지?"

곤야는 고개를 끄덕이는 걸 멈추지 않았다. 자신을 휘감고 있는 게 두려움인지 설렘인지 분간이 서질 않았지만, 심장이 터질 듯 뛰어대는 소리가 귓전에 선명하게 울려 퍼졌다.

"네가 얻게 될 것들을 맘껏 누려. 그래도 돼. 원하는 건 뭐든지 가질 수 있어. 하고 싶은 건 뭐든지 할 수 있지. 무려 다마논드호의 왕부님이 되시는 거니까. 그리고 아주 오래도록 왕부님으로 살게 될 테니까. 너에겐 그럴 자격이 생기는 거야. 처음엔 좀 부담스럽게 느껴지기도 할 거야. 사람들이 널 대하는 태도부터가 달라질 테니까. 그러나 곧 적응하겠지. 저놈처럼 뭐가 진짜고 가짜인지 분별을 못 할 만큼 시야가 흐려지기도 할 거야. 상관없어. 다시 한번 말하지만, 너한텐 그럴 자격이 생기는 거야. 역할 놀이에 심취하다 보면 사람이 휙 돌아버리기도 하더라고. 저놈처럼. 자꾸 뭘 봤다고 하고 무슨 소리가 들린다고도 하지. 뭐, 정말로 저놈에게는 보이고 들릴지도 모르지. 믿는 대로 세상이 돌아가는 거니까. 네 멋대로 해도 된다는 말이야. 왕부의 일에 관해선 전혀 상관하지 않을 거야. 다만 널 그 자리에 올려준 게 여기에 있는 사람들이라는 걸 잊지 않는 게 중요해. 우리가 내려오라고 하면 다 버리고 내

려와야 하는 거야. 걱정하지 마. 네가 갖게 된 걸 빼앗지는 않
아. 쓸데없는 일만 저지르지 않는다면 죽는 날까지 넌 그 자
리에 그대로 머물 수도 있고. 알아들어? 우리에게 복종하는
것 다음으로 해야 할 중요한 일이 뭔지. 건강관리 잘하라고."

"네."

그래니는 버려지듯 소파에 널브러진 왕부의 초라한 모습을
쳐다보며 은밀하게 웃었다.

"이 모든 건 다마논드호의 안정과 체제 유지를 위한 일이야.
네 역할이 얼마나 중요한지 이제 잘 알겠지? 넌 왕부 노릇만
잘해주면 돼. 사는 거 별거 없지. 사람들이 안정감을 느끼는
걸 얼마나 중시하는지 너도 곧 알게 될 거야. 게다가 이 일만
잘해내면 너도 좋고 나도 좋고 네 동생에게도 좋은 일이 되겠
지."

동생 애기에 곤야의 눈이 반짝였다.

"제 동생은 잘 있나요?"

"잘 있냐고? 하하하. 그럼. 아주 잘 있지. 네 동생은 기숙사
에 들어갔어. 학교도 옮겼고. 사립학교로. 수호그룹의 일원이
된 거지. 졸업을 겨우 3년 앞두고 말이야. 형제를 잘 둔 덕분
이지. 네가 네 동생의 인생도 바꾼 거야."

"그렇군요."

"이런 거야. 앞으로 자네가 누리게 될 것들은 말이야. 네 동

생도 함께 누리게 되겠지. 이전의 삶은 완전히 잊으라고."

곤야는 소파 위에 내버려진 작은 사람을 유심히 살폈다. 불과 얼마 전까지만 해도 감히 눈을 마주칠 엄두조차 내지 못하던 사람이었다. 왕부. 다마논드호의 모든 사람이 떠받들어 모시던 그 왕부. 왕부의 자리가 곤야의 손에 들어오게 되었다. 어떻게 그런 행운이 자신에 굴러들어온 건지 잘 모르겠다. 그 자릴 탐내본 적도 없다. 탐낼 수 있는 자리도 아니었다. 그저 여기에 모인 사람들에게 선택받았을 뿐이다. 어떠한 기준에서 이런 일이 발생했는지도 모르겠다. 고되었던 인생이 주마등처럼 지나갔다. 진실을 마주했을 때의 충격은 금세 가시었다. 왕부는 얼마나 큰 존재였던가. 유일한 희망이었다. 그가 전해주는 말씀을 들으며 죽지 않고 살았다.

그 모든 게 거짓이라고? 거짓이었다고?

아무렴 어때. 이젠 상관없을 거 같다. 손에 쥐게 된 이것들을 놓치고 싶지 않다. 다신 그 구렁텅이 속으로 떨어지고 싶지 않다. 지긋지긋한 인생이었다. 용왕 같은 건 없다고? 상관없다. 여기에 모여 있는 사람들을 용왕이라고 생각하며 살기로 했다. 신은 만들어지는 거다. 신이란 게 별 건가. 사람들이 떠받들어주면 그 사람이 신이 되는 거다. 이 자리에 모인 사람들의 개가 되는 대신 이 밖의 모든 사람이 떠받드는 신이 되는 거다.

5.

 역시나 시험을 망쳤다. 답안지를 휘갈기는 연필 소리가 교실을 가득 채우는 걸 듣고만 앉아있어도 아무렇지 않을 때도 있었는데 막 전학을 온 몬구가 답안지를 빽빽하게 채우고 교실을 나서는 모습을 지켜볼 때의 심정은 다시 겪고 싶지 않을 만큼 비참했다. 전학을 오게 된 심경이라도 채워 넣은 걸까? 같은 부류의 사람이라고 생각했다. 산도가 공부를 못하는 건 머리가 나쁜 것도 있지만 전교 꼴등을 놓쳐서는 안 된다는 사명감 때문이기도 했다. 수호그룹 안에서 자신의 위치는 바닥이어야 한다고 생각했다. 몬구도 처지를 모르진 않을 거 같은데 감히 답안지를 다 채우다니. 시험과목과 범위는 어떻게 알아낸 거지? 사립학교에서 뭘 배우는지 국립학교 학생 따위가 알 수 있을 리도 없을 텐데. 산도는 엉망인 기분으로 기숙사에 돌아왔다.

"이게 뭐지?"

비어있던 침대 위에 낡은 짐 가방이 올려져 있었다. 산도는 빈 침대에 털썩 앉아 가방에 달린 지퍼를 잡아당겼다.

"왜 남의 걸 뒤져?"

몬구가 불쑥 방문을 열고 들어왔다.

"여긴 내 방인데?"

"거긴 내 침대야."

"뭐?"

"내 침대라고. 그건 내 가방이고. 그러니까 비켜."

"어. 미안."

몬구의 목소리가 싸늘했다. 산도는 잽싸게 일어나 한걸음 뒤로 물러섰다. 기숙사는 2인 1실이 원칙이지만 산도는 혼자서 방 하나를 차지하며 살고 있었다. 아무도 산도와 룸메이트가 되길 원하지 않았기 때문이다. 산도와 룸메이트가 되었던 아이들의 부모가 몇 번이나 찾아와 따지는 사태가 발생하자 교장은 자연히 산도에게 1인 1실을 허락했다. 그 사안에 아무도 반발하지 않은 건 산도를 기숙사에서 내쫓을 수도 없고 산도를 위해 1인실을 새로 짓는 수고를 할 수도 없었기 때문이다.

산도는 혼자가 좋았다. 누가 자신을 좋아하고 싫어하는지는 굳이 말해주지 않아도 다 알 수 있는 법이다. 적어도 이 학교엔 산도를 좋아하는 사람이 하나도 없다. 몬구는 산도를 본척만척하며 짐 가방을 열어 뒤적였다. 산도는 알 것 같았다. 몬구도 자신을 그다지 좋아하진 않는다는 걸.

산도는 침대에 걸터앉아 짐 정리하는 몬구를 지켜보았다. 옷은 몇 벌 없고 죄다 두꺼운 책들이었다. 처음 보는 책도 있고 눈에 익은 책도 있었다. 몬구는 산도의 시선이 불편한지 노골적으로 싫은 티를 냈다. 일부러 짐을 거칠게 다루는 게 꼭 산도에게 꺼지라는 신호를 보내는 것 같았다. 둘이 친하게 지내도 나쁠 게 없을 거 같은데. 딱 봐도 수호그룹과 어울릴 수 없는 처지인 거 같은데. 산도는 물러서지 않는 것으로 나름의 신호를 보냈다. 몬구는 무시로 일관했지만.

짐 정리를 끝낸 몬구는 책상 앞에 앉아 '신비의 땅과 지구'라는 책을 펼쳤다. 오늘 봤던 시험과목의 교과서였다. 저 책을 어떻게 들고 있는 거지? 국립학교에서도 배우나? 산도는 한 글자도 적지 못했는데 몬구는 여백을 찾기 힘들 정도로 빼곡하게 적을 수 있었던 이유를 너덜너덜해진 책을 보니 알 것 같았다.

"내일 시험과목은 노동법이야."

로지도 딱히 몬구에게 내일 치를 시험과목을 알려주는 친절을 베풀지 않았을 거 같아서 한 달도 더 전에 받은 시험시간

표를 서랍 구석에서 찾아냈다.

"알아."

몬구는 뒤돌아보지도 않고 퉁명스레 대답했다.

"노동법도 공통과목인가? 국립학교에서도 배워?"

"허! 그럴 리가!"

몬구가 콧방귀를 뀌며 어이없다는 듯 고개를 흔들었다.

"그럴 리가?"

"그런 걸 알게 되면 손해 보는 사람들이 누구라고 생각해?"

"누군데?"

산도가 되물었지만 몬구는 대꾸하지 않았다. 산도는 머쓱해하며 책꽂이에 꽂힌 책들을 훑어보았다. 책들의 상태로 보아 내일 치르게 될 시험에 대해 진짜로 걱정해야 할 사람은 몬구가 아니라 산도인 것 같았다. 사립학교의 교과과정과 국립학교의 교과과정은 달라야 했다. 수호그룹에 소속된 아이들과 수호그룹이 아닌 아이들이 보게 될 세상은 다를 테니까. 몬구는 이미 종이가 닳도록 읽고 또 읽은 노동법 책을 가지고 있었다. 노동법 수업에 결석 한번 한 적 없는 산도보다 더 높은 성적을 받게 될 것은 당연한 것처럼 보였다. 내일도 빈 답안지를 제출할 사람은 산도뿐인 거겠지. 그런데도 산도는 몬구처럼 책상 앞에 앉을 생각이 별로 들지 않았다. 책 몇 장 읽는다고 별로 달라질 것 같지도 않고. 이번 학기도

꼴찌는 따 놓은 당상이다. 시험 기간에 전학생이 오는 기적
이 생겼는데도 말이다.

산도는 공부 중인 몬구를 한참이나 쳐다보다가 스리슬쩍 기
숙사를 빠져나왔다. 상대도 안 해주는 룸메이트는 충분히 겪
어봤다. 문제가 생기지 않으려면 있는 듯 없는 듯 가만히 내
버려 두는 게 상책이다. 문제라고 해 봤자 결국 산도 혼자 방
을 쓰게 되는 호사가 전부였지만.

평소라면 왁자지껄했을 기숙사 로비가 한밤중처럼 고요했
다. 모두가 시험에 목을 맨다. 이유를 모르겠다. 성적이 바닥
을 쳐도 살아가는 데에 아무런 지장도 없을 사람들인데 말이
다. 개 중엔 평생 먹고 놀아도 될 만큼 재력가인 집안의 애들
도 많다. 그런 집안의 애들이 아니라고 해도 취업 걱정을 할
필요는 없다. 일자리가 모자라면 필요도 없는 자리를 만들어
서라도 미래를 보장해주니까. 대체 무엇을 위해 저렇게 공부
를 하는 걸까? 그들만의 경쟁인 걸까? 더 높은 곳으로 올라가
려는 부모의 체면 때문인 걸까?

산도는 이해가 불가한 이유로 사립학교에 입학할 수 있었
다. 산도의 부모가 선장이 내리는 특별훈장을 받았다는 거다.
하지만 특별훈장에는 다마논드호에 지대한 공헌을 했다고 명
시되어있을 뿐 구체적인 날짜와 이유는 없었기에 입학 당시

수호그룹의 적잖은 반발이 있었다. 과정이 어쨌든 사립학교에 무사히 입학함으로써 수호그룹에 소속되는 명예를 안게 되었고 엄중한 사건에 휘말리지 않는 한 수호그룹의 일원으로 여유롭고 넉넉한 삶을 영위할 수 있는 자격을 부여받았다. 더 높은 곳은 바라지도 않는다. 전교 꼴등으로 맘 편히 지내고 있는 지금처럼 수호그룹의 제일 아래 칸에서 있는 듯 없는 듯 살 계획이니까. 수호그룹 내에도 서열이 존재하고 누군가 끄트머리를 맡아야 한다면 산도가 적임자다. 산도가 윗자리를 탐낸다면 그들은 어떤 이유를 만들어내서라도 산도를 내쫓을 것이다. 살아남기 위해선 기어 다녀야 한다.

산도는 37 주거 단지촌으로 향했다. 학교에 입학하기 전까지 마요의 집에서 살았다. 마요는 산도의 진짜 삼촌이 아니다. 산도와 마요는 피가 전혀 섞이지 않은 완전한 남이다. 어째서 마요의 집에서 살게 된 건지 모른다.

처음부터 마요의 집에 있었다. 마요는 산도에게 엄마는 죽었다고 말해주었지만, 아빠에 관해 물을 때면 입을 굳게 닫았다. 마요도 산도의 아빠에 관해 모르는 것 같았다. 아빠란 사람은 산도가 태어난 것도 모르는 게 아닐까. 살아있기는 한 걸까. 불쌍한 엄마. 하지만 더 불쌍한 건 자신이므로 산도는 엄마를 그리워하지 않기로 했다. 어차피 죽고 없는 사람이니까. 산도가 기억하는 첫 순간부터 곁엔 늘 마요가 있었다. 영원히 나이 들지 않을 것 같던 마요도 어느새 삼십 대 후반이 되었다. 아기였던 산도가 열일곱이 되었듯이.

"사실 삼촌이 우리 아빠인 거 아니에요?"

산도가 진담 반 농담 반으로 물을 때마다 마요는 아니라고 냉정하게 답하는 대신 그윽하게 쳐다봐 주며 미소 짓기만 했다. 산도도 다 알고 있었다. 마요는 삼촌도 뭣도 아니라는 걸. 선장의 지시로 마요를 돌보고 있는 것뿐이란 걸. 그 대가로 일정 금액의 돈을 받아왔다는 것도. 마요는 이 모든 걸 산도가 알고 있다는 걸 모른다. 산도가 사립학교에 입학하게 되면서 마요에게 다달이 지급되던 돈도 뚝 끊겨버렸다. 더는 돈을 받지 못하게 된 마요가 술에 취해 산도에게 그 모든 이야기를 털어놓아 버렸다. 그때 산도는 겨우 여덟 살이었다. 어린 나이였는데도 배신감에 치가 떨렸다. 어쩌면 아빠가 아닐까 헛된 상상을 하기도 했는데 겨우 돈 때문에 자신을 맡아준 거였다니. 산도는 도망치듯 집을 나와 기숙사로 들어왔다. 하지만 수호그룹 사이에서의 생활은 녹록지 않았고 다시 어디로든 도망치고 싶어졌다. 외로웠고 서글펐다.

나는 왜 가족이 없을까. 혼자 흐느껴 울다 보면 어느새 37 주거 단지촌을 떠돌고 있었고 마요의 품에 안겨 서러움을 털어냈다. 변함없이 따스하게 웃으며 맞아주던 마요의 태도에 미움과 분노가 사르르 녹았다. 이제는 이해할 수 있을 거 같다. 마요에겐 돈이 곧 밥이었다. 매일 위태로웠고 내일을 장담할 수 없었다. 미래는 없는 게 낫다는 생각이 들 정도로 처참했다. 다행히 재작년부터 사립학교의 기숙사 관리인으로 일하게 되며 약간은 안정된 삶을 찾아가고 있는 것 같긴 하다. 원할 때마다 마요를 기숙사에서 볼 수 있게 된 후로 산도는 37 주거 단지촌엔 얼씬도 하지 않았다. 별로 오고 싶을 만한 곳이 아니니까.

"윽."

손가락으로 코를 막았다. 산도 역시 이 동네 출신이면서 공기 중에 퍼져있는 특유의 냄새가 역겨웠다. 이곳에 오기 싫은 이유 중 하나가 바로 이 냄새였다. 여기에 살 땐 이 냄새가 세상의 냄새인 줄 알았다. 바다의 냄새나 공기의 냄새, 혹은 사람들의 냄새 같은 것. 사립학교에 입학하면서 이것이 가난의 냄새라는 걸 알게 되었다. 굶주림의 냄새였고 더러움의 냄새였다. 그리고 오래도록 씻지 못한 사람들의 몸에서 나는 냄새였다.

바다 위에서 살고 있지만 물이 귀했다. 깨끗하게 정수된 물은 구하기가 힘들었다. 바다는 더러웠다. 끈적거렸고 맑지 않았다. 이런 곳에 사는 사람들에게 물 한 방울이 아쉬운 건 당연했다. 물은 너무 비쌌다. 비라도 내려주는 날엔 모두 밖으로 나와 비를 맞으며 몸을 씻고 빗물을 모아 집으로 가져갔다.

사람들은 비가 내리게 기도해달라며 왕부에게 매달렸다. 이곳에 사는 사람들이 다른 구역의 사람들보다 더 간절히 왕부를 떠받드는 까닭은 그 때문이다. 왕부는 하늘과 바다를 주관하는 용왕의 신하이니까.

사람들이 산도를 흘긋흘긋 쳐다보더니 손바닥을 펼치며 곁을 맴돌았다. 구걸을 하는 것이다. 저 사람들의 눈엔 산도가 이곳 출신으로 보이지 않나 보다. 기분이 좋았다. 수호그룹의 일원이 된 것 같았으니까. 산도는 코를 더 세게 막고 인상을 찌푸리며 걸음을 바삐 옮겼다. 몸에 냄새가 밸까 봐 두려웠다. 애써 기억하려 하지 않아도 발길이 저절로 마요의 집이 있는 곳을 향했다. 지하로 한 걸음씩 내려갈 때마다 음습한 기운이 산도의 몸을 감쌌다. 이곳은 유난히 춥고 축축하다. 마요의 집에서 살 때는 느껴본 적 없던 냉기였지만 그때도 분명 이만큼 차가웠을 거다. 기분 나쁜 악취는 이곳을 떠난 뒤에야 맡을 수 있게 되었다. 한때는 이 냉기와 냄새를 그리워했었다. 산도에겐 이곳이 집이다. 지금도 여전히 그립냐고? 별로. 그때보다 더 냉기가 돌고 냄새가 고약해진 건 아닐 거다. 변한 건 산도였다. 산도는 이런 눅눅함과 역겨움이 싫었다. 기숙사로 돌아가면 제일 먼저 입고 있는 옷을 벗어 세탁실에 맡기겠지.

낡아빠진 문고리에 열쇠를 꽂았다. 굳이 열쇠를 꽂지 않아도 힘주어 몇 번 잡아당기면 열릴 것 같은 허술한 문이었다.

관리실에 갔지만 마요가 없었다. 그래서 여기까지 왔다. 평소처럼 관리실에서 기다리지 않은 건 몬구 때문이었다. 그 애가 산도의 마음 어느 부분을 건드렸다. 이곳이 너무 싫지만 마요와 함께 지내던 시절은 좋았다. 가끔 웃기도 했고 가끔 행복했다. 마요와 옛날이야기를 나누고 싶었다. 마요에겐 옛날이 아닌 현재 진행 중인 일이겠지만.

문을 열자 무언가가 후다닥 모습을 감추었다.

"삼촌. 여기 있어요?"

답이 없었다. 창이라곤 하나 없는 게 당연한 지하 2층의 작은 쪽방이다. 바깥 복도를 희미하게 밝히는 어두운 조명으로 집안이 겨우 보였다. 이런 광경, 익숙했다. 산도는 문을 반쯤 닫았다. 눈동자가 어둠에 적응하면 보이지 않던 것들이 보이기 시작한다. 이 집에는 많은 종류의 생명이 뒤섞여 살고 있다. 마요는 산도를 거두어 준 것처럼 그것들도 내쫓지 않았다. 그것들은 동거의 규칙을 잘 알고 있었다. 그것들보다 우위에 있는 인간이 나타나면 비위에 거슬리지 않게 모습을 감췄다. 햇볕이 들지 않는 곳은 사람이 살기엔 좋지 않다는 걸 기숙사에 들어가고 나서야 깨달았다. 이런 공간은 인간보다 그것들이 살기에 더 적합하다. 그것들에게는 마요가 침입자일지도 모른다. 그것들보다 몸집이 크고 힘이 세기 때문에 맘대로 쳐들어와 사는 걸 눈감아주고 있을지도.

잽싸게 자취를 감추는 어떤 존재를 감지했음에도 개의치 않은 건 그 존재가 그것들이라고 확신했기 때문이다. 쥐, 바퀴벌레, 지네, 그런 것들 말이다. 좁아터진 마요의 집에서 공생할 수 있었던 건 그것들이 숨기의 귀재였기 때문이다. 규칙을 잘 지키면 사람 둘이 겨우 누울 수 있는 작은 쪽방에서도 수많은 종류의 생명들이 공생할 수 있다.

눈동자가 서서히 어둠에 적응해갔다. 산도는 채 모습을 숨기지 못해 오들오들 떨고 있는 커다란 존재를 발견했다. 어슴푸레 새어 들어오는 바깥의 조명에 의지해 한곳을 응시했다. 그것들이 아니었다. 그것들은 단지 인간을 피할 뿐 두려움에 떨지는 않는다. 테이프로 돌돌 말아 붙인 다리가 부러진 의자 아래에 머리만 겨우 숨기고 있는 건 사람이었다.

"수지 누나?"

산도는 신발을 마저 벗어 던지고 싱크대와 쓰레기통 사이의 의자에 끼이다시피 뒤돌아 웅크리고 앉은 수지에게로 달려갔다.

"산도?"

수지의 목소리가 파르르 떨렸다.

"여기서 뭐 해요? 불도 안 켜고."

"그게…."

고개만 겨우 돌린 수지는 무척이나 난처해 보였다.

"안 돼!"

산도가 불을 켜려고 뒤돌아서자 수지가 난감해하며 산도의 바짓가랑이를 붙잡았다.

"누나…."

산도는 그제야 멋대로 남의 집에 와서는 안 되었다는 데에 생각이 미쳤다. 수지는 마요의 오랜 연인이다. 결혼이 허락되었다면 진작 부부가 되었을 것이다. 마요가 사립학교의 기숙사 관리인으로 취직이 되면서 곧 결혼허가서가 통과될 줄 알았는데 보류상태로 결정이 계속 미루어졌다. 결혼허가서가 통과되지 않으면 결혼을 할 수 없다. 그게 다마논드호의 법이다. 마요가 결혼문제로 깊이 고민하는 걸 여러 번 보았다. 마요는 기숙사 관리인보다 더 나은 직업을 가질 수 없을 것이다. 아직도 결혼이 승낙되지 않았다는 건 결혼을 하지 말라는 소리나 다름없었다. 산도가 무사히 사립학교를 졸업한다면 이 두 사람을 결혼시키는 일이 가능해질까? 관련 부서에서 일하는 사람에게 수호그룹의 일원으로 약간의 압력을 가할 수는 있지 않을까? 이런 일이 있을 때마다 수호그룹 안에서 절대 튕겨 나가고 싶지 않아진다. 무사히 졸업해야 사람 구실을 하며 살 수 있을 테니. 수호그룹에는 결혼도 출산도 보류되지 않는다. 그들은 하자면 뭐든 할 수 있는 사람들이고 산도도 거기에 속해있는 사람 중 하나였다. 산도는 이곳에서 태어났지만 마요나 수지와는 다른 부류의 사람이 되었다.

"죄송해요. 삼촌이 여기 있는 줄 알고 허락도 없이 불쑥 찾아왔어요. 물어보고 왔어야 했는데."

"아니야. 여긴 네 집인걸."

"삼촌의 집이죠."

"그래. 삼촌의 집. 그리고 네 집."

아니라고 하고 싶었다. 멋대로 이런 곳을 내 집이라고 생각하지 말아 달라고 내 집은 수호그룹에 속해있다고 소리치고 싶었다. 이런 마음이 들 때마다 산도는 자신이 싫어졌다. 이런 곳에서 태어나고 자랐다는 걸 부정하고 싶다는 뜻이니까. 그게 산도의 진심이니까.

"근데 왜 그러고 계세요? 무슨 일 있는 거예요?"

산도는 수지를 유심히 내려다보았다. 수지는 그것들처럼 몸을 숨기고 싶어 했다. 그것들만큼 작지 않아서 잘 숨겨지지는 않았지만.

"어, 그게…."

수지는 가녀린 팔로 어떻게든 불러온 배를 숨겨보려 노력해보았지만 움직일 때마다 풍성한 옷에 가려져 있던 배가 되려 도드라져 보였다.

"배가 왜 그래요?"

사실 산도는 처음부터 수지의 몸이 이상하다는 걸 눈치채고 있었다. 수지가 필사적으로 들키지 않으려 노력하는 게 다 저 배 때문이란 걸.

"응? 아. 살이 쪄서. 살찐 모습을 보여주는 게 좀 부끄럽네."

"네."

"요즘 밥을 너무 많이 먹었나 봐. 입맛이 자꾸 돌아. 큰일이지."

"괜찮아요. 누나는 살이 쪄도 예뻐요."

산도는 억지로 미소 짓고 있는 수지를 따라 애써 웃어보려 했지만 맘대로 잘되지 않았다.

"저 인제 그만 가볼게요."

산도는 신발에 황급히 발을 꿰었다. 도망가는 것처럼 보이진 않았으면 좋겠는데. 어쩌면 수지도 눈치를 챘을지도 모르겠다. 산도가 수지의 배를 모른 척하고 싶어 떠난다는 걸.

"오랜만에 왔는데 밥이라도 먹고 가. 한 끼 차려주고 싶어."

"아니요. 괜찮아요. 시험 기간이라서 빨리 가봐야 하거든요. 다음에, 다음에 또 놀러 올게요."

게다가 이 집구석에 먹을 거라곤 인스턴트 음식뿐일 거라는 거 빤히 알고 있거든요. 그 음식마저 너무 귀해서 아껴 먹어야 한다는 것도.

"그래. 어두워지기 전에 나가야지. 이 동네는 위험하니까.

조심히 가렴. 오늘은 누나가 많이 미안해."

닫히는 문틈으로 한 팔을 들어 손을 흔드는 수지가 보였다. 수지는 또 다른 팔로 배를 감싸고 있었다. 끝까지 눈치채지 못했으면 좋았을걸. 오늘 여기에 오지 말았어야 했다. 하라는 공부는 안 하고 멋대로 돌아다니니까 이런 일이 생기는 거다.

수지의 마지막 모습이 자꾸만 떠올랐다. 서글펐다. 왜 그렇게 살아야 하는 거지? 왜? 수지는 곧 아기가 태어날 것처럼 배가 부풀어 올라 있었다. 살이 찐 거라고? 그딴 거짓말에 속아 넘어갈 정도로 순진하지 않다.

산도도 알 건 다 안다. 수지는 임신을 한 거다. 결혼허가서가 보류 중인데도 결국 임신을 해버린 거다. 결혼도 허락받지 못한 사람들이 기어코 아기를 만들어버린 거다. 자격도 없는 사람들이 아기를 낳으려고 한다. 무책임하다. 정말로 무책임하다. 수지가 마요의 방에 숨어있다는 건 아기를 낳겠다는 뜻일 거다. 낙태는 감히 시도할 수 없을 정도로 수지의 배는 불러있었다. 곧 아기가 태어날 거다. 들키는 건 시간문제다. 산도는 모른 척해줄 수 있지만 아기의 울음소리를 들은 누군가는 분명 신고할 테다. 포상금이 걸려있으니까. 그곳에 사는 사람들에게는 결혼도 출산도 허가되지 않는다. 자기 목숨 하나 부지하는 것도 벅찬 사람들이다. 아기 울음소리가 들릴 수 없는 곳이다.

산도는 무책임한 부모를 증오한다. 순간의 쾌락을 위해서라고밖에 설명이 안 된다. 그 아이의 인생에 대해선 진지하게 생각해보지도 않은 거다. 입양을 보내면 그만이라고 안일하게 생각했을 거다. 입양을 가면 더 좋은 환경에서 더 행복하게 살 수 있을지도 모른다. 하지만 태어날 때부터 운이 없었던 아이에게 그런 행운이 생기기나 할까?

기숙사 앞에서 마요와 마주쳤지만, 산도는 쌩하니 지나쳐버렸다. 마요가 꼴도 보기 싫게 미웠다. 한 아이가 태어나려고 한다. 탄생을 허락받지 못한 가여운 아이가….

6.

왕부는 제단 앞에 무릎을 꿇고 앉아있다. 그의 몸은 한 줌의 재가 될 것처럼 연약해 보였다. 그는 가래가 끓어오르는 목소리로 끊임없이 중얼거렸다. 그가 하는 말을 알아들을 수 있는 사람은 아무도 없다. 왕부가 용왕에게 드리는 기도이므로 오직 용왕만이 듣고 응답할 수 있었다.

구석에 나란히 서 있는 왕부의 제자들 얼굴에 초조한 기색이 역력했다. 벌써 5시간째다. 의사는 제자들에게 왕부가 무리한 기도를 하지 못하게 막아달라고 신신당부했었다. 왕부가 얼마나 위중한 상태인지는 왕부의 최측근이 아니면 알 수가 없었다. 왕부는 철저히 자신의 상태를 숨기길 원했다. 바깥 활동을 할 때는 상태가 나빠 보이지 않으려고 필사의 노력을 했지만 왕부가 병들었다는 소문이 퍼지는 걸 막을 수가 없었다.

사람들이 알고 있는 것보다 왕부의 상태는 훨씬 심각했다. 그런데도 왕부는 예정된 일정을 착실히 소화했고 개인적인 기도 생활도 게을리하지 않았다. 제자들에게 왕부는 그 누구보다 많이 존경받아야 마땅한 사람이었다. 제자들도 왕부가 이만 자리에서 물러나 육체를 치료하는 데 집중했으면 하고 바랐다. 아무리 의사가 치료가 불가능하다는 선고를 내렸다고 해도 말이다. 왕부 스스로 자리에서 내려왔으면 했다. 왕부만이 결정할 수 있는 사안이니까. 아무도 강요할 수는 없다. 자발적이어야 했고 모욕적이지 않아야 했다. 절대로 이런 식으로 결정할 수 있는 일이 아니었다.

　근래 열렸던 고위직 긴급회동에서의 일은 가장 오래 왕부 곁을 지켜온 이작의 귀에 은밀히 들려왔다. 이번 제사에서 왕부의 교체를 선포하라는 지시가 떨어졌다고 한다. 지시? 웃기지. 그저 돈만 많은 작자들이, 자리만 높은 작자들이, 돈과 명예를 세상에서 최고로 여기는 자들이, 감히! 묵묵히 마지막 제사를 준비하는 왕부를 지켜보는 게 힘들었다. 왕부는 여전히 다마논드호의 안정과 평안한 미래를 위해 기도한다. 어떻게 저런 사람을 자리에서 끌어내리지 못해 안달인 건지. 어차피 얼마 가지 못해 스스로 물러날 수밖에 없을 텐데. 왕부의 희생은 깡그리 무시하는 듯한 태도에 화가 치밀어 올랐다. 이작은 이해가 되지 않을 때가 많았다. 소위 높은 곳에 있다고 하는 사람들이 왕부를 자신들의 발밑에 둔 것처럼 굴 때가 많았다. 그들에게 감히 반발할 수 없었던 건 왕부도 그들을 떠받들어 모시는 듯한 태도를 고수했기 때문이다.

"뭐가 그렇게 두려우신 겁니까?"

이작이 따져 물으면 왕부는 이렇게 답했다.

"저들이 그걸 원하니까. 불쌍한 영혼들이야. 저들의 세상에선 돈과 권력이 전부지. 높은 곳에 앉아있을진 몰라도 그들의 세계는 바늘구멍보다도 더 좁단다. 사람들이 우리를 떠받든다고 해서 우리가 그들을 부리고 착취해도 되는 게 아니란다. 우리는 권력자가 아니다. 용왕님을 모시는 성직자들이지. 저들을 보고 배우도록 하여라. 대우받길 원하지 말고 가장 낮은 마음으로 사람들을 대접하여라."

왕부의 지혜로운 말씀을 마음에 쌓았다. 분노를 다스리고 그들을 품에 안는 법을 배웠다. 그런데 이번 일만은 분노를 쌓지 않으려고 해도 가슴에 화가 쌓였다. 다마논드호가 얼마나 부패했는지는 돈과 권력을 움켜쥔 사람들을 가까이서 보면 알 수 있다. 다마논드호에서의 삶이란 탄생의 순간에 모든 것이 결정 난다. 그들은 그것을 '운명'이라고 부른다. 그들은 자기 삶을 후손에게 물려주길 원하고 그들이 누리는 것들을 뺏기고 싶어 하지 않았다. 그들은 삶의 윤택함과 안정에 미쳐있었다. 특히 수호그룹 사람들이 그랬다. 저들끼리 나눠

가지고 누리며 사는 모습을 가까이서 볼 기회가 많았다. 왕부의 제자가 아니었다면 감히 알지도 못했을 사실이었다. 그들에겐 이 부조리한 사회의 시스템을 바꿀 힘이 있지만 누구보다 격렬하게 이 체제가 유지되길 원한다. 사람에게 등급을 매기고 계급을 나눈다. 수호그룹에 끼지 못했지만, 중산층을 유지하고 있는 사람들도 별반 다를 게 없다. 그들은 자신이 최하층의 계급에 속하지 않은 걸 감사해했다. 개 중엔 간혹 어떠한 이유로 수호그룹으로 편승되는 행운을 누리는 이들도 나왔으므로 그들은 더더욱 다마논드호를 위해 희생하며 자신들보다 높은 곳에 있는 자들에게 충성했다. 부패하지 않은 수호그룹의 멤버는 왕부가 유일했다.

왕부 같은 사람들이 수호그룹에 절반이라도 존재했다면 왕부의 바람대로 좀 더 나은 세상으로 바꿀 수 있었을지도 모른다. 왕부가 전하는 용왕의 말씀 핵심은 사람은 태어난 운명대로 순종하며 살아야 한다는 것이기에 암묵적으로 나뉜 계급의 자국을 없앨 수는 없다고 할지라도 최소한의 것도 누리지 못하고 살아가는 사람들이 방치되지는 않았을 텐데.

"날 좀 잡아주겠느냐."

기도를 마친 왕부가 도움을 요청했다. 이작과 그의 형제 이슬이 단숨에 왕부 곁으로 달려갔다. 왕부는 감히 만지기도 부담스러울 만큼 야위어있었다.

"너무 오랜 기도는 몸에 해롭습니다."

이작이 휠체어에 왕부를 조심스럽게 앉히며 잔소리했다.

"기도뿐이구나. 나를 지켜주는 건 오직 기도뿐이야."

"저희도 있습니다. 왕부님."

멍하니 허공을 응시하는 왕부의 얼굴을 보자 이작은 눈물이 왈칵 쏟아졌다. 자신을 미천하다고 여겼던 지난 세월이 떠올랐다. 이작을 구원해준 건, 잘난 척만 하며 인심 쓰듯 동전 몇 개 던져주는 사람들이 아니었다. 할 수 있는 게 구걸밖에 없는 이작에게 게을러서 그런 거라 훈계하며 지나가던 사람들도 아니었다. 사정을 묻지 않고 성전에 데리고 와서 따스한 밥을 대접해주었던 왕부였다. 자신을 배설물처럼 미천하다고 여겼던 이작을 제자로 받아준 왕부였다.

"미천한 사람이 있다고 생각하는 마음이 미천한 것이다."

왕부의 가르침에 이작은 자신을 사랑하는 법과 사람을 사랑하는 마음을 배웠다. 세상은 많이 가져도 되는 사람과 적당히 가져야 하는 사람, 가져서는 안 되는 사람으로 사람을 분류했지만 왕부는 해천제가 열리는 자리에서만큼은 계급에 따라서 자리를 나누지 않을 것을 지시했다. 그런데도 한자리에 모일 때면 자연스럽게 비슷한 부류의 사람들끼리 무리를 짓는 오래된 관습을 쉬이 바꿀 순 없었다. 최하층에 속하는 사람들은 눈에 띄어선 안 된다는 듯 기둥 뒤 구석에 숨어있었다. 이 썩어빠진 세상을 구원해줄 사람이 있다면 오직 왕부뿐일 거라고 믿었는데 왕부가 인제 그만 물러나야 한다니.

그의 나이, 이제 고작 쉰여섯이다. 왕부의 병세를 눈치챘을 땐 가망을 생각할 수 없을 만큼 늦었을 때였다. 역대 왕부들은 수호그룹들의 주요기도 제목인 '무병장수'를 몸소 실천이라도 해 보이듯 남들보다 오래 건강히 살았다. 그랬기에 왕부의 상태는 모두에게 큰 충격이었다. 역대 왕부들이 그랬듯 이번 왕부도 무병장수할 줄 알았으니까. 그것이 그가 믿고 사람들이 의지하는 용왕의 은혜이며 증거인 줄 알았으니까.

"내 너희들에게 전해야 할 말이 있다."

허공을 헤매던 왕부의 눈동자가 더듬더듬 제자리를 찾아갔다. 왕부의 제자들은 왕부가 무슨 말을 전할지 알고 있지만 모른 척했다. 모른 척하고 싶었다. 할 수만 있다면 영원히.

"새 왕부가 오게 될 것이다. 이번 제사가 용왕님께 드리는 나의 마지막 제사가 될 것이다. 갑작스럽긴 하지만…, 이 몸을 하고서 억지를 부릴 순 없었다."

"저희는 받아들일 수가 없습니다."

미리 알고 있었지만 왕부의 입을 통해 직접 들으니 더 기가 막혔다. 제자들에겐 마음의 준비를 할 시간이 필요했다.

"나는 기쁜 마음으로 왕부의 자리에서 물러날 것이다. 새 왕부가 너희들을 받아들여 줄지 확답을 해줄 수 없어 미안하구

나. 내가 잘 부탁해보겠다. 그러니 염려 말아라."

목소리가 온전히 쉬어버린 데다 숨까지 가쁜 탓에 한마디 내뱉는 것도 힘들어 보이는 왕부의 작은 음성을 한마디도 놓치지 않기 위해 제자들은 숨도 쉬지 않고 집중했다.

"저희는 왕부님의 곁을 계속해서 지킬 것입니다. 그렇지? 너희들도 나와 같은 마음이지?"

이작의 강압적인 말투에 일곱 명의 제자는 고개를 끄덕이지 않을 수가 없었다. 비록 속으로는 다른 생각들을 하고 있었다고 할지라도.

"나는 내 인생이 곧 끝날 거로 생각하지 않는다. 기쁘게도 방금 기도하는 중에, 중요한 일을 맡기기 위해 나를 단련시키는 중이라는 용왕님의 목소리를 들었다."

"정말이십니까?"

"그러니 너희들은 새 왕부 곁에서 일을 도와라. 나는 기도로 용왕님과 함께 그 일을 준비해나갈 것이다."

"왕부가 둘일 수는 없습니다."

"나는 잊어야 한다. 용왕님께서 나를 도우실 것이다."

"혼자서 거동하기도 힘드시지 않습니까. 왕부님에게는 저희가 필요합니다. 아니, 저희에게 새 왕부는 필요 없습니다. 왕부님만이 유일하십니다. 왕부님이 기도 중에 들으신 일을 이루는 데에 힘을 보태겠습니다."

내심 혼자 남겨질 것이 두려웠던 왕부의 얼굴에 슬며시 미소가 번졌다. 문제는 혼자서는 저 문밖을 나서기도 어려울 만큼 몸이 나빠졌다는 것이다. 여덟 명의 제자가 전부 곁에 남아줄 것 같진 않지만 상관없다. 충성심 강한 사람 몇만 남겨두는 게 입만 가볍고 밥만 축내면서 별 도움도 되지 않는 것들까지 껴안고 가는 거보다 나을 테니까. 마음이 급했다. 체력은 하루가 멀다 하게 떨어졌다. 머지않은 날엔 밥숟갈 하나 들 힘도 남아있지 못하게 될 거란 예감이 짙게 들었다. 밤이면 찾아오던 고통이 이제는 시도 때도 없이 찾아와 복부를 갈기갈기 찢어놓았다.

　이작이 침실까지 휠체어를 밀어주는 동안 앞으로의 일에 대해 찬찬히 생각했다. 모든 일이 예상대로 굴러갈 것이다. 몸이 생각만큼만 따라와 준다면. 거기에 관해선 확신이 없다. 비단 왕부 자신만을 위한 계획이 아니기에 이번 일만은 꼭 성사시키고 싶었다. 바다와 하늘과 지구와 다마논드호, 그리고 이 지구에 존재하는 19척의 배에 거주하는 사람들을 위해서. 불안이 일 때마다 용왕의 계획을 실현할 수 있는 사람은 이 바다 위에 오직 자신뿐임을 기억하기로 했다. 졸음이 안개처럼 몰려왔다. 왕부의 고개가 아래로 떨어졌다. 이작의 서글픈 한숨 소리가 허공에 차갑게 퍼졌다.

7.

다마논드호는 대부분 시간을 바다 위의 한 좌표에서 움직이지 않고 머물러있다. 목적지가 없는 항해를 굳이 강행할 필요가 없기 때문이다. 선장은 네 번째 보름달이 뜨기 직전 선원들에게 항해를 지시한다. 목적지 따위는 존재하지 않았지만, 선장의 지시가 떨어진 이상 항해는 멈추지 않는다.

항해는 신성한 제사의 서막이다. 다음 날 아침 사람들은 갑판 위 널따란 광장에 모여 제를 올린다. 바다와 하늘에 제를 올린다고 하여 해천제라고 불린다. 해천제에 반드시 모든 사람이 참석할 필요는 없다. 다마논드호는 종교의 자유가 보장된다. 다만 제사가 있기 전날 밤, 즉 항해가 있는 밤에는 건물 밖으로 나다니는 것을 엄격하게 금지한다. 사람들은 그것이 하늘과 바다를 지배하는 용왕의 명령이라고 알고 있지만 사실은 별 의미 없는 전통 중 하나로 신비하고 영험한 분위기 조성을 위한 장치일 뿐이다.

19척의 배들 간의 약속이기도 했다. 각각 정해진 날에 항해하고 그다음 날 각 배의 왕부가 제를 올리게 되어있다. 하늘과 바다의 주인인 용왕에게 드리는 제사다. 아주 오래전부터 내려온 전통은 어느새 종교가 되어버렸다. 종교의 자유는 있다지만 대부분이 용왕을 믿고 모신다. 배가 아무리 크고 견고하게 지어졌다고 할지라도 바다 위의 삶은 불안하기 마련이라 자연스레 믿고 의지할 존재를 찾게 된다. 열렬히 용왕을 믿고 모실수록 더 잘사는 것처럼 비추어지기도 한다.

고위직들과 부유층들은 그들이 가진 것들이 모두 용왕의 보살핌 덕이라고 버릇처럼 말하고 다닌다. 그들의 삶을 보면 없던 믿음도 생길 판이다. 왕부 역시 최상위계층으로 태어나도록 선택하는 분이 용왕이라 말한다. 사람들은 다음 생을 위해 제사에 참석한다. 지금보다 더 많은 것들을 누릴 수 있는 사람으로 태어나길, 지금 가지고 있는 것들을 고스란히 가진 채로 태어나길 간절히 기도한다.

다마논드호에서 살아가려면 믿음이 중요하다. 현 상황에 대한 불만족이 믿음으로 다스려지고 다음 생의 희망을 보며 고된 하루를 이겨낸다. 얼마만큼의 사람들이 진실을 알고 있을까? 생각보다 그 수가 많을지도 모르겠다. 진실을 아는 사람들도 외면하는 것처럼 보일 때가 있으니까. 믿음을 앞세우면 그들이 누리고 있는 것들의 불평등함에 타당성이 부여된다. 믿음에서 중요한 건 현재에 만족하는 것이다. 믿음을 가지면 다음 생에 반드시 나은 삶을 받게 된다. 믿음은 가지지 못한 사람들이 희망을 품게 했고 다 가진 사람들의 소유를 지키게도 했다.

용왕 같은 건 없다. 사람들을 통제하기 위해 누군가 지어낸 이야기이다. 불안한 심리를 이용해 우위의 자리를 선점한 사람들이 가진 것을 빼앗기지 않기 위해 만들어낸 존재이다. 용왕을 신격화하기 위해선 왕부가 필요했다. 왕부는 용왕과 사람들을 이어주는 역할을 맡았고 그에 맞먹는 권력 또한 가지게 되었다. 용왕을 믿는 만큼 왕부에게 의지했다.

왕부가 교체될 때마다 새롭게 왕부가 될 자를 선택해온 사람들이 있었다. 그들은 왕부에게 권력이 쏠리는 걸 가만히 보고 있지만은 않았다. 왕부를 제 발밑에 두기 위해 갖은 노력을 했다. 왕부가 될 자를 선택하는 것부터 중요했다. 왕부를 손바닥 위에 올려두고 주무르기 위해서는 가장 어둡고 음습한 곳에 사는 사람 중에서 골라야 했다. 한 번도 자기 것을 제대로 가져본 적 없는 사람들은 작은 것에도 크게 충성심을 발휘한다. 또다시 그곳으로 버려질까 두려워한다.

배가 부르고 몸이 따뜻한 것으로 대단한 만족을 느낄 사람이 왕부에 적합했다.

왜 있지도 않은 종교를 꾸며내야 했는지는 역사서를 대충만 훑어봐도 알 수 있다. 배 위에서의 삶이란 도망갈 곳이 바다밖에 없음을 뜻한다. 배 안에서 수많은 사람과 더불어 살아가기 위해선 굳건한 통치자가 필요하다. 맹목적으로 믿고 따를 수 있는 종교인이 적합했다. 정치가들은 언제고 민심을 얻고 잃을 수 있지만 종교 지도자에게 뿌리내린 믿음은 결단코 흔들리는 법이 없었다. 위태로운 상황에선 더 종교인에 의지하는 법이다. 왕부와 용왕이라는 가상의 존재를 실재한다고 믿게 만들고 나니 반란이 일어나기 쉬운 배에서의 생활이 쉽게 통제되었다. 사람들의 믿음은 용왕에 대한 순종이 아니라 권력층에 대한 복종이었다.

다마논드호의 선장인 보리스는 이 모든 게 공평하지 않다고 생각했다. 진짜로 용왕이란 게 있다면 모를까, 있지도 않은 걸로 사람들을 속여 이 체제를 유지하려 한다니. 어쩔 수 없는 일이란 것도 안다. 선대에서부터 이어져 온 방식을 계속 이어 나가고 있는 것뿐이다. 그로 인해 이득을 보는 사람이 있고 보리스도 그중 한 명이었다. 불공평하다고 생각은 하지만 허상을 만들어낸 사람들을 탓할 수만은 없다. 과거를 조금만 되짚어 봐도 이 방법이 최선이라는 걸 수긍할 수 있을거다. 사람들은 강력한 통제하에 두지 않으면 반발의 목소리에 쉽게 동조하며 대규모 반란을 일으킨다. 반란은 세상을 어지럽게 만든다. 다마논드호는 영원할 것이나 한 개인의 인생은 너무 짧다. 하나의 인생을 두고만 볼 때 세상은 어지러운 것보다 평안한 게 더 좋다. 모두가 평등할 수는 없다. 누군가 더 많은 것을 누리면 누군가는 손에 쥐는 것이 적을 수밖에 없다. 그게 삶의 이치이며 진정한 평등이다. 누군가 올라서면 누군가는 내려와야만 한다. 솔직히 다마논드호의 현 선장인 보리스도 그가 가진 것을 놓치고 싶지 않았다. 보리스의 집안은 대대로 선장직을 맡아왔다. 다마논드호의 1대 선장도 보리스의 가문에서 나왔다. 대부분의 사람이 자신의 직업을 자손에게 물려준다. 그것이 바로 바다 위 세상의 체제이며 사람들이 믿는 용왕의 지시이다.

가진 자가 가진 것을 자손에게 대대로 물려주는 것.

한계가 극명한 바다 위의 생활에서 각자의 생활영역을 안정적으로 보호하는 방법이었다. 현재의 삶에 불만을 품지 않으면 다음 생애엔 저 높은 곳에 있는 사람들의 자손으로 태어나는 것. 그것이 바닥의 삶을 사는 사람들의 유일한 희망이자 탈출구였다.

"날이 좋아서 다행입니다. 간만의 항해라 긴장했는데."

가르나가 유리창을 뚫을 것처럼 쏟아지는 별들을 바라보며 기지개를 켰다.

"집중하게. 간만이니 실수 없어야지."

가르나는 몹시 들떠있었다. 목적지가 없다는 걸 모르지도 않을 텐데 저렇게나 좋을까. 보리스는 가르나처럼 기지개를 켜며 하늘을 올려다보았다. 모처럼 폭풍이 그치고 구름 한 점 없이 하늘이 맑게 개었다.

이번 제사는 특별했다. 35년 만에 왕부가 바뀌는 날이다. 이런 항해 따위는 해도 그만 안 해도 그만이다. 거친 날씨를 탓하며 생략할 때도 있었지만 이번만은 사람들의 눈을 의식해서 반드시 해야만 했다. 용왕이 새로운 왕부를 거부하는 게 아니냐는 말이 나돌면 안 되니까. 며칠간 지속되던 폭풍우로 항해할 수 없게 될까 봐 염려가 깊었지만, 거짓말처럼 오후부터 하늘이 맑게 개었다. 보리스는 평온하기 그지없는 밤바다를 내려다보며 커피를 한 모금 삼켰다.

"꽤 잘 드시네요. 제 입엔 영 안 맞던데."

가르나가 도리질했다.

"향기가 좋지 않나."

"그럼 뭐합니까. 맛이 별론데."

"본격적으로 무역이 시작되면 커피를 물만큼 찾는 사람들이 많아질 거야."

"에이, 설마요."

"내 장담하지."

"뭘 믿고 그렇게 확신하십니까?"

"크리니칼호에선 그렇다고 하니까."

"선장님도 다른 배에 가보신 적은 없으시잖아요."

"그렇지. 선장은 배를 비울 수 없으니까."

"선장님 가문 정도면 어렸을 적엔 다른 배로 교류 활동을 떠날 기회도 많으셨을 거 같은데 의외네요."

"우리 가문…. 대대로 선장이었던 집안일뿐이지. 그저 선장일 뿐이라네. 이 배에서 선장이 어떤 존재인지 자네도 다 알지 않은가."

"선장님도 참…."

오랜 시간 곁에서 선장을 모셔 온 가르나도 딱히 부정하지 않았다. 이런 식으로 자신의 위치를 깨닫게 될 때마다 무력감이 밀려왔다. 항해할 필요가 없어진 배에서 선장의 존재감은 미미할 뿐이다.

"운행를 전문으로 하는 배의 선장에 도전해보실 생각은 해본 적 없으십니까?"

가르나는 어색해진 분위기를 전환하기 위해 애써 머리를 짜내어 질문을 만들어냈다.

"나에겐 이 배의 선장이 되는 것 말고 다른 선택지는 주어진 적이 없다네."

"주어진 운명이 다마논드호의 선장인 것도 꽤 괜찮은 선택지 아닌가요."

"그렇지. 분수에 넘치는 자리야. 그건 분명해."

"다른 배의 사람들은 어떤 모습으로 살아가고 있을까요?"

"사람 사는 거 다 똑같아."

"가본 적 없으시잖아요."

"가본 적이 없어도 다 알 수 있지. 다른 배에 사는 사람들도 그 배 밖으로 한 걸음도 내디딜 수 없을 테니까."

"하지만 우리한테 없는 커피 같은 것이 있지 않습니까."

"우리에겐 그들에게 없는 체리 나무가 있고."

"그런가요?"

"그런 거지. 다른 형태로 똑같이 살아가고 있는 거야. 궁금해하지 말게. 마음의 평화엔 아는 것이 많은 것보다 모르는 것이 더 많은 게 좋은 법이야."

"시커먼 밤바다나 보면서요."

"그렇지. 우리는 그저 두 달에 한 번 이 배가 무사히 항해할 수 있도록 우리 역할에 충실하면 돼."

"비상 상황에 대비해서 절대 자리를 비워서도 안 되고요."

"훌륭해."

"그래도 담엔 좀 더 자유로운 사람으로 태어나고 싶습니다. 사는 거 다 비슷하다고 해도 말이에요. 이 배에 사는 사람들도 만나보고 저 배에 사는 사람들도 만나보고."

"현재에 만족하게. 그렇지 않으면 다시 태어났을 땐 이만한 삶도 누리지 못하게 될 테니까."

"현생은 과거의 내가 만든 결과고 후생은 현생의 내가 만드는 것이다. 현생에 만족하는 자, 자신의 분수를 잘 파악하는 자, 후생에 큰 복을 받게 되리니 주어진 것에 감사하고 남의 것을 탐하지 말라."

가르나는 주문을 외우듯 왕부의 말씀을 쉼도 없이 달달 내뱉어냈다. 보리스는 씁쓸한 얼굴로 정면을 응시했다. 가르나가 왕부의 말을 얼마나 신뢰하고 있는지는 모르겠다. 그렇게 믿는 수밖에 없어 믿는 척을 하는 건지 삶에 대한 불만을 품었던 마음의 회개인 건지. 조타실 안에 어색한 적막이 흘렀다. 가르나는 젊다. 조타실에 앉아만 있는 게 대부분인 삶이 충분히 지루할 만하다. 보리스도 금서에서 읽은 한 줄 문장 때문에 삶을 부정하던 때가 있었으니까.

젊은이여, 꿈을 크게 가지게.

금서로 지정된 책을 몰래 읽으며 선장이 아닌 다른 인생을 꿈꾸기도 했다. 꿈을 크게 가지라는 말 자체가 낯설었다. 생전 들어본 적도 없는 말이었다. 꿈이란 걸 생각도 해본 적 없었다. 꿈이란 걸 가질 수 있었다면 두 달에 한 번 의미 없는 항해를 해야만 하는 다마논드호의 선장직을 버리고 자유를 찾아

떠났을까. 후생에 대한 걱정은 집어치우고 현재를 만족시키는 방법에 집중하며 살았을까. 다 버리고 떠나버릴까 진지하게 고민하던 시절도 있었다. 이십여 년 전의 일이다. 기나긴 방황 중에 만난 마요가 '꿈'이라는 단어가 얼마나 사치스러운지 깨닫게 해주었다. 꿈을 가지는 순간 생존의 문제와 맞닥뜨려야 한다는 걸 알려준 사람이 마요였다. 두 달에 한 번 목적지 없는 항해를 해야 하는 날엔 그 시절의 어느 한순간이 선명하게 떠올랐다. 만약 그때 마요를 만나지 못했다면 지금 어떤 모습을 하고 있을까. 상상만 해도 끔찍하다.

아버지는 느지막한 나이에 보리스를 가졌다. 직업을 물려줄 자식이 보리스뿐이었기에 보리스가 스무 살이 될 때까지 은퇴할 수 없었다. 보리스는 역대 최연소의 나이로 다마논드호의 선장이 되었다. 겨우 스무 살밖에 되지 않은 보리스가 선장의 자리를 물려받았지만 아무런 잡음도 없었다. 다마논드호에서 선장의 위치란 그 정도로 미비한 것이었다. 갓 스물이 된 보리스는 원대한 바다를 마음껏 누빌 수 있다는 사실에 몹시 흥분했었다. 그 기회가 두 달에 한두 번뿐이란 것을 미리 알고 있었지만 상관없었다. 두 달에 한두 번이라도 이 거대한 배를 진두지휘할 수 있다니. 끝이 없는 바다를 마음껏 누빌 수 있다니. 곧 모든 게 시들해질 줄도 모르고. 보리스가 견뎌야 했던 건 항해하지 않는 나날의 무기력이었다. 선장은 다마논드호의 형식적인 책임자일 뿐 허수아비 신세에 불과했다. 중요한 일을 맡은 사람들은 다 따로 있었고 선장은 해천제의 구색을 갖추기 위해 준비된 사람이었다. 자신의 처지가 왕부와 하나 다를 것 없어 보였다. 1대 선장의 은공으로 자손들이 분에 넘치는 대접을 받고 있음을 인정해야만 했다. 막 선장이 되었던 젊은 날의 보리스는 남아도는 시간을 어떤 방법으로든 소비해야 했다. 그러지 않고서는 수시로 밀려드는 무력감을 견딜 수가 없었다. 선장의 자격으로 다마논드호의 이곳저곳을 훑고 다니다 출입이 금지된 지하도서관을 발견했다. 그곳엔 금서들이 어마어마하게 쌓여있었다. 그날부터 금서를 읽으며 지루한 시간을 견뎠다.

도전하라. 더 넓은 세상으로 뛰어들라. 꿈은 크게. 실패는 포기의 어머니다.

지하도서관에 처박혀 금서들을 읽고 있노라면 찐득한 바다에 몸을 던져서라도 미지의 배를 찾아 떠나고 싶어졌다. 아주 오래전 사라졌다는 땅을 찾아 모험하고 싶었다. 마요를 만나지 못했더라면 정말로 그랬을지도 모르겠다. 그 얼마나 다행인지.

식사하고 나오다 우연히 어린 마요를 보았다. 마요는 식당 뒤편에서 자신의 키만 한 음식 쓰레기통을 뒤져서 버려진 음식들을 주워 담고 있었다. 저 작은 아이가 뭘 하는 거지. 마요를 뒤쫓은 건 단순한 호기심 때문이었다. 그것들을 주워가서 뭘 할지 궁금했다. 마요는 보리스를 37 주거 단지촌으로 데려가 주었다. 보리스는 마요를 놓칠까 봐 두려웠다. 37 주거 단지촌은 보리스가 상상조차 해본 적 없는 곳이었다. 지루함을 견디려 여기저기 멋대로 쏘다닐 때도 발견하지 못한 장소였다. 37 주거 단지촌은 보리스가 최악이라고 생각했던 것들을 우습게 만들었다. 주어진 것에 감사하란 말을 무시하고 미지의 세계로 가보고자 했던 갈망도 깨끗이 씻어주었다. 다마논드호에 이런 곳이 존재한다는 걸 아는 사람이 몇이나 될까. 아니 그것보다 이런 곳에 이렇게나 많은 사람이 살고 있는데 왜 지금껏 몰랐던 걸까.

그곳은 보리스가 보아온 세상과는 완전히 다른 곳이었다. 썩어빠진 것들의 집합체였다. 사람들은 하나 같이 기운이 없었고 눈동자는 겁에 잔뜩 질려있었다. 출처가 불분명한 악취가 진동했지만, 그 악취는 오직 보리스만이 맡을 수 있는 듯했다. 보리스를 이곳에 데리고 와준 마요가 친근하게 느껴질 정도로 자신을 둘러싼 모든 것들이 낯설었다. 이런 공간이 다마논드호에 있어서는 안 되었다. 알고 있는 사람이 없어 방치되고 있는 건지도 몰랐다. 보리스는 두리번거리는 걸 멈추고 마요와의 간격을 좁혀갔다. 음식쓰레기를 옮기느라 낑낑대고 있는 작고 마른 아이를 따라잡기 위해서 구태여 속력을 높일 필요는 없었다. 어느 지점에선가 마요는 숨을 가쁘게 몰아쉬기 시작했다. 더러운 옷이 땀으로 축축하게 젖어갔다. 잠시 걸음을 멈춰 섰다. 사방에 어둡고 좁은 골목이 가지처럼 뻗어있었다. 마요는 사람 하나 겨우 들어가기도 어려운 골목으로 들어갔고 그 자리에 그대로 주저앉았다. 뒤에서 누가 바짝 붙어 따라오는 것도 눈치채지 못할 만큼 지쳐 보였다.

이만 집으로 돌아가야지. 다신 금서 따위 들춰보지도 말아야지. 허수아비 신세일지라도 감사하면 살아야지. 보리스는 골목에 주저앉은 아이를 보며 생각했다.

"뭐 하는 짓이야!"

보리스는 음식쓰레기가 담긴 통을 발로 걷어찼다. 바닥에 주저앉은 마요가 음식쓰레기를 허겁지겁 먹기 시작한 것이다.

"죄송합니다. 죄송합니다."

허리를 굽힌 채 바들바들 떨고 있는 마요는 힘주어 쥐면 바스러질 것처럼 말라비틀어져 있었다.

"대체 이런 걸 왜…."

"잘못했어요. 용서해주세요. 제발."

마요가 지저분해진 손으로 싹싹 빌며 울었다. 보리스는 이해할 수 없었다. 뭘 잘못했다는 거지? 뭘 용서해달라는 거지? 마요는 보리스보다 열 살쯤 어려 보였다. 이 작은 아이에게 왜 죄책감이 드는 걸까. 보리스는 용서를 구하는 마요 앞에서 얼굴이 붉어질 만큼 부끄러워졌다. 왜일까. 도대체 왜.

"뭔가 오해한 모양인데 넌 나한테 잘못한 게 없어. 그러니까 그것 좀 관둬."

음식쓰레기로 엉망이 된 마요의 손이 비벼질 때마다 악취가 더 진동했다. 마요가 보리스 앞에 무릎을 꿇고 앉았다. 일으켜 세워야 했지만 그러지 않았다. 마요의 손과 몸과 옷이 너무 더러웠다. 음식쓰레기가 들어 있던 통을 걷어찼던 보리스의 신발은 당장에 벗어 던지고 싶을 만큼 엉망이 되었다. 어서 이 상황에서 벗어나고 싶었다. 아니, 여기까지 오지 않았다면 더 좋을 것 같았다.

"다시는 남의 것을 훔치지 않을게요."

"뭐라고?"

"남의 음식에 손대지 않겠습니다. 용서해주세요. 제발."

보리스는 아무 말도 할 수가 없었다. 음식이라고? 훔쳤다고? 저런 건 음식도 뭣도 아니다. 훔쳤다고 말할 수 있을 만큼의 가치가 있는 것도 아니다. 쓰레기였다. 먹다 버린 쓰레기. 저런 건 음식이라고 말할 수가 없다.

"맹세할게요. 다시는 이 동네를 벗어나지 않을게요."

보리스는 골목을 어지럽히는 음식쓰레기가, 음식쓰레기로 더럽혀진 바닥이 전혀 이상해 보일 것 없는 이 골목이, 이 골목과 너무 잘 어우러진 마요의 존재가 거북했다. 37 주거 단지촌에 어우러지지 못하고 있는 것은 보리스 단 하나였다. 무기력해 보이는 사람들과 곧 무너질 것 같은 건물들을 천천히 둘러보았다. 저딴 쓰레기를 다시는 훔치지 않겠다고 맹세했지만, 그 맹세의 결말이 무엇일지 눈에 빤히 보였다. 보리스가 떠나면 이 아이는 바닥에 버려진 쓰레기들을 다시 통에 주워 담을 것이다. 주워 담으며 입에 쑤셔 넣을 것이다.

보리스는 37 주거 단지촌의 사람들처럼 무기력해진 얼굴을 하고 집으로 돌아왔다. 온종일 선장의 자리를 비워도 뭐라는 사람이 없었다. 아버지도 평생을 이렇게 살았겠지. 아버지를 만나서 위로받고 싶었다. 아버지만이 구겨진 하루를 빳빳이 펼쳐줄 수 있을 것 같았다.

"내가 오늘, 네 방에서 무슨 책을 발견했는지 아느냐?"

집에 들어서자마자 보리스의 얼굴로 책 한 권이 날아왔다. 아버지라면 다 이해해줄 것 같았는데 현관 앞에서 씩씩대는 아버지의 얼굴을 마주하자 사무치게 외로워졌다. 세상에 보리스의 기분을 헤아려줄 수 있는 사람은 한 명도 없었다.

"잘못했습니다. 용서해주세요. 다신 이런 것에 손대지 않을게요."

보리스는 마요가 제 앞에서 뱉었던 맹세를 아버지 앞에서 똑같이 내뱉었다. 마요의 맹세는 거짓이었지만 보리스의 맹세는 진실이었다.

"누가 보기라도 하면 어쩌려고 그러느냐! 가문의 망신이야! 너 하나 때문에 모든 것을 다 잃을 수 있단 말이다!"

아버지의 우렁찬 목소리가 미세하게 떨리고 있었다. 아버지도 다 알고 있다. 아버지가 가진 것이, 대대로 내려져 온 자리가, 우리를 지키고 있는 것이 얼마나 위태로운지를.

"이상한 데를 갔다 왔어요. 37 주거 단지촌이라고, 들어보셨어요?"

"네가 그런 데를 왜 간 것이냐."

아버지가 37 주거 단지촌에 대해서 알고 있단 사실이 놀라웠다. 보리스는 스무 해를 살아오면서도 들어본 적 없는 그곳을 말이다.

"다마논드호에 그런 곳이 있는 줄은 꿈에도 몰랐어요."

"이런 책을 읽으니 그런 곳에 관심을 가지게 된 것 아니냐! 네 머릿속에 뭐가 들어찼는지 보지 않아도 뻔하다! 어서 가서 네 할 일이나 해!"

할 일이라니. 보리스는 황당한 얼굴로 아버지를 쳐다보았다. 아버지의 얼굴에서도 찰나의 당황이 지나갔다. 보리스는 할 일이 없었다. 두 달에 한 번 제사를 올리기 전날 목적지도 없는 항해를 하는 것이 보리스의 유일한 할 일이었다. 아니다. 또 있긴 하다. 비정기적으로 열리는 수호그룹 고위직들의 회의에 참석해 자리를 채우는 것. 발언권은 있지만 발언할 기회가 주어지지 않는 곳에 앉아 하릴없이 시간만 낭비하다 돌아오는 일 말이다. 보리스는 더 이상 아버지와 얘기를 나누고 싶지 않았다. 머릿속에서 아버지에게 넙죽 절이라도 해야 하는 것 아니냐는 목소리가 들려왔다. 이런 환경에서 살아가게 해주어서, 음식쓰레기를 구걸해야 하는 사람으로 태어나지 않게 해주어서, 번듯한 직책을 이른 나이에 맡게 해주어서 감사하다고.

"37 주거 단지촌에는 먹을 것이 턱없이 부족해 보였어요."

보리스의 입 밖으로 머리가 시키지 않은 말이 툭 튀어나왔다.

"전생의 잘못된 마음가짐으로 그렇게 태어난 것을 뭐 어쩌란 말이냐."

"일을 해서 돈을 벌게 만들어주면 되잖아요."

"게으른 사람들이다. 그곳에 사는 사람들은 일할 의지도, 돈을 벌 생각도 전혀 없지. 일하지 않는데 어떻게 먹을 것이 충분하겠느냐."

그건 나도 마찬가지잖아요. 하마터면 그렇게 말할 뻔했다. 보리스는 입술을 질끈 깨물고 뒤돌아섰다.

"아들아. 왕부님이 하신 말씀을 잊었느냐. 너는 너에게 주어진 것에만 감사하면 된다. 그 사람들도 그 사람들에게 주어진 것들에 감사할 것이다. 그러면 다음 생에 그만한 보상이 생기겠지. 우린 모두 다음 생을 위해 살아가는 거란다."

아버지의 목소리가 보리스의 발목을 붙잡았다.

"아버지 말씀이 다 옳아요. 왕부님이 그렇게 말씀하셨잖아요."

보리스는 뒤돌아서 아버지의 눈을 빤히 쳐다보았다. 아버지는 더 이상 수호그룹 고위직들의 총회에 참가하지 않는다. 은퇴했으므로 총회에 참석할 자격은 아버지의 자리를 물려받은 보리스에게로 물려졌다. 보리스는 눈치가 빨랐다. 몇 번의 총회 참석으로 왕부의 비밀을 알아버렸다. 용왕은 존재하지 않는다. 용왕의 말씀을 듣고 전한다는 왕부는 다마논드호의 실질적인 지배자인 몇 사람에 의해서 조정당하는 신세일 뿐이었다.

아버지가 아직도 왕부의 말이라면 철석같이 믿고 움직인다는 게 그저 웃기기만 했다. 아버지는 정녕 이날까지 그 사실을 알아채지 못한 걸까. 그게 아니라면 그저 모른 척하고 있는 것뿐일까. 그것이 우리의 생존방식인 걸까. 아버지로선 손해 볼 것 없으니까. 보리스도 모른 척해야 할 것이다. 아무 상관 없는 일이니까. 그 피해는 마요 같은 아이의 몫일 테니까. 37 주거 단지촌의 사람들이 음식쓰레기를 훔쳤다는 이유로 손바닥이 닳아 없어질 만큼 싹싹 빌며 살아가는 대신 이곳의 사람들은 먹을 것이 넘쳐나도록 풍요롭게 살아간다. 그것이 왕부가 만들어낸 삶의 균형이고 이치다. 보리스는 자신이 지금 서 있는 곳에서 한 발짝도 움직이지 않을 것임을 예감했다. 진실이 탄로 나면 음식쓰레기를 구걸해야 하는 건 아까 봤던 그 아이가 아니라 보리스가 될 것이다. 온종일 자신을 따라다 니던 역겨움의 정체가 무엇인지 보리스는 마침내 알아내고야 말았다. 스스로가 얼마나 비겁한지 깨달은 자에게서 나는 악 취였다.

8.

해천제는 배에서 살아가는 사람들에게 가장 중요한 행사다. 전부라고 말해도 무방할 만큼 대부분의 사람이 해천제에 참석한다. 이번 해천제 날짜는 사립학교의 시험이 끝나는 다음 날로 지정되었다. 해천제를 올리는 날에는 모든 학교가 휴교하고 모든 일터도 휴업해야 한다. 피곤함에 찌든 학생들은 학교에 가지 않아도 된다는 사실만으로도 기뻐했다. 해천제가 동이 트는 이른 아침에 열리는 건 별로 상관하지 않았다. 학교에 가는 것보다 더 일찍 일어나야 하는데도 말이다. 해천제 전날 밤엔 외출이 금지되므로 시험에 지친 학생들을 위해 기숙사 로비에 간단한 파티가 준비되었다. 기숙사 밖으로 한 발짝도 나갈 수 없는 학생들을 위한 학교의 배려였다.

산도는 들뜬 분위기에 어우러지지 못하고 묵묵히 음식만 씹어 삼켰다. 배만 채우면 방으로 돌아가 단잠에 빠질 계획이었다. 며칠 내리 비가 오더니 모처럼 날이 맑았다. 다른 애들처럼 공부하느라 밤을 지새운 건 아니지만 어쨌건 산도도 며칠 몰아치던 폭풍 때문에 악몽에 시달리느라 숙면에 들지 못했다. 산도는 왁자지껄한 아이들 사이에서 홀로 앉아 주변을 두리번거렸다. 몬구가 보이지 않았다. 기숙사 밖으로 나갈 수도 없는데 어디로 간 건지 궁금했다. 괜찮다면 옆자리를 내어줄 수도 있는데. 몬구가 전학해 온 지도 5일이 지났다. 산도를 대하듯 모두 몬구를 투명인간 취급했다. 이 안에서 몬구에게 손을 내밀어줄 사람은 산도가 유일할 듯했다. 외톨이로 지내는 것보단 제 편 하나 있는 게 나을 텐데.

"너는 내일 뭐라고 기도 올릴 거야?"

시험은 이미 물 건너갔으니 아이들의 관심은 온통 내일 열릴 해천제로 쏠렸다.

"건강 행복 그에 앞서 전교 1등."

알마의 대답에 아이들이 와르르 웃음을 터트렸다.

"허겁지겁 공부하는 거 우리가 다 봤는데?"

"그러니까 기도하겠다는 거 아니냐. 간절하게. 열렬하게."

"그래. 우리 중에 제일 공부 열심히 해야 할 사람이 있다면 바로 너니까. 법무부장관 아드님이시니까."

"안 그래도 그것 때문에 골치가 아파. 법무부장관이 알아야

할 게 좀 많아? 나는 법무부장관보다는 필리스템에 입사하고
싶은데, 어때?"

알마가 다마논드호의 3대 기업 중 하나인 필리스템 회장의
아들 아세스의 옆구리를 쿡 찔렀다. 아세스는 입학 이래 전교
1등을 놓친 적이 없었다.

"나랑 교환하던지. 난 회사경영엔 영 관심이 안 생겨서."

"다들 들었지? 무르기 없다?"

"우리끼리 논의할 일은 아니니까. 절차가 복잡하잖아. 부모
님들 문제야."

"치. 그럴 줄 알았다. 맘에 없는 소리는 잘도 뱉어요."

"너도 인제 그만 놀고 공부 좀 열심히 해. 네가 너희 집안의
유일한 아들인데 아버지 자리 물려받아야 할 거 아니야."

"이러나저러나 내 자리가 될 건데 뭐 하러. 좀 똑똑한 애들
골라서 대신 일 시키면 되지."

"선생님이 반 평균 꼴찌 좀 탈출해보자고 하셨잖아."

"그게 내 탓인 것만은 아니잖아? 전교 꼴등 산도가 내 발밑
을 든든히 받치고 있는데. 게다가 내 발밑에 한 명 더 생기는
거 거의 확정 아닌가? 전학생 있잖아. 어이, 산도. 너는 좋겠
다. 이번엔 너도 전교 꼴등 탈출일 테니까. 전학생이 네 발밑
에 있을 거니까. 우리 담임 불쌍해서 어쩌지? 전교에서 성적
제일 안 좋은 셋을 다 떠맡았으니."

산도는 키득거리는 비웃음에 둘러싸인 채 꾸역꾸역 음식을 씹어 삼켰다. 지금 앉은 자리가 떳떳하지 않다는 걸 알고 있다. 누가 뭐라 해도 꾸역꾸역 수호그룹 안에서 살아갈 작정이다. 조롱과 비난을 감수하면 가난에서 벗어날 수 있다. 알마가 전교 꼴등을 걱정할 필요 없는 것이 전부 산도의 배려 덕분이듯 그 대가로 여기서 쫓겨나지 않을 수 있다면 그깟 조롱쯤은 얼마든지 받을 수 있다. 테이블에 차려진 음식을 주인인 양 양껏 먹을 수 있는 것처럼 수호그룹의 일원으로 누릴 수 있는 권리를 다 누릴 것이다.

산도는 냅킨으로 입가를 깨끗하게 닦고 자리에서 일어났다. 수호그룹다운 매너와 행동은 어느샌가 몸에 배어 버렸다. 예전처럼 배가 터질 때까지 멈추지 않고 먹어대진 않는다. 원할 땐 언제든 먹을 수 있으니까. 배고플 일 따위 절대 생기지 않을 테니까. 몬구가 산도에게 다가오지 않는 이유가 바로 이것 때문일지도 모르겠다. 몬구의 눈에는 산도가 뼛속까지 수호그룹처럼 보일 것이다. 몬구라면 이 음식들을 허겁지겁 먹어 치우겠지.

"뭐야! 여기 있었어? 배 안 고파?"

어이없게도 몬구는 책상 앞에 앉아있었다. 의자에 묶여있기라도 하듯 꼼짝하지 않고 공부에 집중하는 몬구를 보자 실소가 새어 나왔다.

"독하다, 독해. 너처럼 독한 애는 처음 봐."

몬구의 귀에 들리도록 일부로 소리 내어 중얼거렸지만 몬구는 아무런 반응도 보이지 않았다. 몬구의 책상 곁으로 슬금슬금 다가가 무슨 책을 읽고 있는 건지 슬쩍 보았다.

"신비한 땅 위의 세상?"

몬구는 글자가 빼곡하게 박힌 종이에서 눈을 뗄 줄 몰랐다.

"땅에 관심이 있어? 왜?"

몬구는 아무 말도 들리지 않는 것처럼 산도의 목소리를 깡그리 무시했다. 산도는 돌아오지 않을 대답을 기다리는 대신 침대에 누워 이불을 머리끝까지 올려 덮었다.

"어떻게 재수 없는 수호그룹 애들이랑 하나 다를 것 없냐. 사람이 말을 걸면 콧방귀라도 뀌어주는 게 예의지. 쓸데없이 땅에 관한 책이나 읽고 말이야. 그런 게 실존했다는 걸 이제는 아무도 믿지 않는데."

산도는 혼자 중얼거렸다. 방으로 돌아오기 전만 해도 포만감에 잠이 쏟아졌는데 침대에 누우니 도로 눈이 말똥말똥해졌다. 천장에서 훤하게 내리쬐는 불빛은 이불을 푹 덮어써도 존재감을 강하게 드러냈다. 책장 넘기는 소리가 여느 때와 달리 유난히 크게 들려왔다. 며칠 악몽에 시달려서 그런지 밖에서 애들이 지껄이던 소리가 가슴 한구석에 남아있어 그런지 전에 없던 예민함이 산도를 자극했다.

"불 좀 끌 수 없어?"

참다못한 산도가 이불을 걷어차고 벌떡 일어나 소리를 질렀다. 몬구가 눈을 내리깐 채 고개를 돌렸다. 몬구의 태평한 얼굴에 짜증이 더 치솟았다.

"너는 어떻게 된 애가 배려라곤 찾아볼 수가 없냐? 내가 며칠은 시험 기간이라 참았어. 근데 내가 오늘까지도 참아줘야 하는 거야? 언제까지 나만 너를 배려해줘야 하는 거냐고. 거기 책상 위에 개인 스탠드 안 보여? 군이 시험이 끝난 오늘 밤까지도 내가 네 눈치를 봐가며 잠을 자야 하는 거야? 공부 하든 책을 읽든 아무 상관 없지만 예의는 좀 지키지? 수호그룹에 왔으면 수호그룹답게 행동해야지. 너는 내가 침대에 들어가는 걸 봤으면 알아서 불을 꺼주는 게 룸메이트의 도리라고 생각하지 않아? 내가 이런 것까지 일일이 가르쳐야 해?"

"네가 끄고 누우면 될 일 아니야?"

"뭐라고?"

"내가 일일이 불까지 꺼줘야 해? 내가 네 비서야?"

"뭐?"

"그리고 평소엔 도서관에 가서 공부했어. 방에 돌아와선 바로 잤고. 불을 끄고 자지 않은 건 너야. 언제 내가 돌아올 때까지 불 끄지 말고 기다려 달랬어?"

"야!"

산도의 얼굴이 벌겋게 달아올랐다.

"너 처음 룸메이트가 생긴 거라며?"

"누가 그래? 아니거든?"

"애들이 다 그러던데? 아무도 너랑 룸메이트가 되고 싶지 않아서 쭉 너 혼자 지냈다고."

다른 애들과도 전혀 말을 안 섞고 있는 줄 알았는데 저런 이야기는 또 어디서 주워들은 걸까. 잡담의 근원지는 도서관인 걸까. 산도도 도서관에 들락거리면 애들이 관심을 좀 나눠줄까. 산도는 이 와중에도 관심을 구걸하는 자신이 혐오스러웠다.

"그게 뭐! 너라고 다를 줄 알아? 너랑 내가 다를 줄 아냐고!"

"나는 너처럼은 안 살 거야."

"뭐?"

"알아서 기어 다니진 않을 거라고."

"네가 뭘 알아?"

"너 애들 앞에선 꼼짝도 못 하잖아. 말도 제대로 못 하고. 애들 비위 거스를까 봐 알아서 절절매는 거 다 봤는데, 아니야?"

알고 있었던 사실인데도 남의 입으로 정곡을 찔리니 훨씬 더 아팠다. 산도는 온몸에 힘이 쭉 빠지는 이상한 기분을 느졌다. 애들이 산도를 따돌리는 건 비단 산도가 듣도 보도 못한 구역의 출신이기 때문인 것만은 아니었다. 산도에겐 사립학교에 입학해도 될 정당한 이유가 없었다. 그 정당한 이유가 몬구에게는 있는 걸까. 뭐가 저렇게 당당한 거지. 집안에 대단한 위인이 있었다는 걸 이제야 발견한 걸까. 아니면 수호그룹에 꼭 필요한 능력을 갖추고 있기라도 한 걸까.

혼자 이 방구석에 처박혀있을 땐 수호그룹과 잠시 분리될 수 있었다. 폭풍우가 몰아치는 날이 아니라면 잠도 잘 잤다. 이 방에 갇혀있을 땐 더없이 평화로웠다. 그런데 이제는 이 방구석에서도 초라함을 끼고 살아야 한다. 아무래도 몬구에겐 수호그룹에 소속될만한 떳떳한 이유가 있는 것 같다. 몬구와 동지라고 생각했는데 아니었다. 몬구는 수호그룹에 당당히 편승한 거고 산도는 여전히 수호그룹의 불순물 같은 존재였다.

"너는 나랑 다른가 보네. 수호그룹으로 올라온 게 정당한가 봐."

"네가 그러니까 애들이 더 그러는 거야."

이제 막 수호그룹에 합류한 몬구가 산도에게 훈계를 한다. 그래도 된다. 수호그룹의 다른 애들처럼, 몬구에겐 그럴 자격이 생긴 거다.

"미안."

산도는 불을 그대로 켜둔 채 침대에 누워 이불을 덮었다.

눈을 꼭 감았다. 외출 금지만 아니었다면 마요에게 달려갔을 거다. 산도의 마음을 알아주는 사람은 오직 마요 뿐이니까. 아니다. 아닐지도 모르겠다. 언제부턴가 마요가 산도에게 거리를 두는 게 느껴졌다. 마요에겐 산도가 더 이상 보살펴주어야 하는 존재가 아니었다. 마요는 37구역 소속이고 산도는 수호그룹 소속이다.

갑자기 사방이 어두워졌다. 눈을 감아도 눈꺼풀 밖의 세상이 하얀지 검은지는 알 수 있다. 몬구가 불을 끄고 책상 위의 조명을 켰다. 책장을 넘기는 소리도 한층 조심스러워졌다.

"내가 불쌍하지?"

산도는 이불을 뒤집어쓴 채로 웅얼거렸다. 자신의 목소리가 몬구에게 들리지 않았으면 하고 바랐지만 말하는 걸 그만둘 수가 없었다.

"네가 뭐가 불쌍해. 수호그룹까지 올라왔으면서."

"너는 어느 구역 소속이었어?"

굳이 물어보지 않아도 알 것 같았지만 예의상 물어봤다. 너한테서 익숙한 냄새가 난다고 하면 기분 나쁠 거 같으니까.

"37구역."

"나도 37구역이었어."

"그래. 그럴 줄 알았어."

아직도 냄새가 싹 가시지는 않았나 보다. 그곳을 떠나서 살아온 지가 벌써 십 년째인데도. 산도는 이불을 걷고 일어나 앉았다.

"나도 7살까지 거기에 살았지. 사실 이젠 잘 생각도 안 나. 얼마 전에 거기에 갔었는데 내 기억보다 더 끔찍한 곳이더라. 거기서 살 때는 그 정도로 역겨운 곳이라곤 생각한 적 없거든."

"살만했나 보지. 난 언제나 역겨웠어. 다신 돌아가고 싶지 않을 만큼."

"애들이 나한테 왜 저러는지 알아?"

"네가 만만하거나 저 애들이 싸가지가 없거나."

"내가 수호그룹에 들어오게 된 이유를 아무도 모르거든."

"그게 뭐. 너도 내가 어쩌다 수호그룹에 소속되게 되었는지 모르잖아."

"다른 애들은 알고 있겠지. 나한텐 아무도 공유해주지 않으니까."

산도가 입학했을 때와는 사뭇 분위기가 달랐다. 그땐 산도가 무슨 병이라도 옮긴 듯 그 난리를 쳤으면서 몬구의 전학엔 다들 시큰둥했다. 산도에게 자격검증을 요구하며 1학년부터 12학년까지 모든 학생이 수업 거부를 했으면서 몬구의 자격에 대해선 아무도 의심하지 않았다.

"너한테도 무슨 이유가 있었겠지. 아무나 받아주는 데가 아니잖아. 치사하고 더럽게도."

"아닐걸. 그냥 착오였을 걸."

위로랍시고 하는 말이겠지만 산도는 더 심란해졌다.

"수호그룹이 되면 인생이 어떻게 바뀌는지 나는 잘 몰라. 여태껏 살면서 수호그룹 인간들에 대해서 관심 가져본 적도 없고 그런 인간들이 진짜로 존재하는지도 몰랐으니까. 그러니까 아마 쟤들도 나의 실체에 대해서 정확히는 알지 못하겠지. 내가 살았던 곳과 그곳에 사는 사람들에 대해서 여기 사람들은 아무 관심이 없을 거야. 게으르고 천박해서 사람 취급 못 받고 살아가는 사람들이 어딘가에 있다고 들은 적만 있을 거고. 어쩌면 이 책에 나오는 이야기처럼 믿으려면 믿고 말라면 말수 있는 전설 같은 일로 생각할 수도 있겠다."

책을 덮는 소리가 둔탁했다. 몬구가 읽고 있던 책을 옆으로 스윽 밀어냈다. 수호그룹에선 아무도 읽지 않는 책을 몬구는 표지가 너덜너덜해질 때까지 읽었다.

"37구역에선 그 책을 많이 읽어?"

"책이라고? 37구역 사람들은 책을 읽지 않아. 그럴 필요가 없으니까. 글자나 읽을 줄 알면 다행이지."

"글 읽는 법쯤은 학교에서 배울 거 아니야."

"학교라. 정말 웃긴 말이네. 그래. 누군가는 학교에도 가겠지. 그 사람들이라면 책을 읽을지도 모르겠네."

"그럼 37구역에 있던 학교는 뭐야. 본 것 같은데."

"보여주기지. 누구에게 보여주기 위함인지 모르겠지만 우리 다마논드호는 모두가 교육받고 있다, 그러니 이보다 더 공평할 순 없다, 그런 거 아니겠어?"

산도는 전에 느껴보지 못한 또 다른 고립감을 느꼈다. 수호그룹 애들에게 따돌림을 당하고 비웃음을 살 때마다 태어나고 자라왔던 곳을 떠올렸다. 그곳을 떠올리는 일이 몸서리치게 싫었지만, 어느 날은 사무치게 그립기도 했다. 가끔 마요의 집을 방문하러 37 주거 단지촌에 들렀기 때문에 그곳에 대하여 잘 알고 있다고 착각하고 있었다. 너무 이른 나이에 그곳을 떠났기 때문일까. 산도는 자신이 태어난 곳과 그곳에서 살아가는 사람들에 대하여 제대로 알고 있지 못한다는 것을 깨달았다. 수호그룹과 37구역, 그 어느 곳에도 완전히 소속되지 못한 채 살고 있었다. 그래서 이렇게나 외로운 걸까.

"그런 책은 여기 애들도 거들떠보지도 않아."

괜히 심술이 났다. 산도는 벌떡 일어나 몬구의 책상 앞으로 가서 책을 손가락으로 툭툭 찍었다. 몬구는 아랑곳하지 않고 책에서 눈을 떼지 않았다.

"넌 할 줄 아는 게 책 읽는 것밖에 없어? 이깟 책 좀 많이 읽는다고 뭐가 달라질 것 같아? 태생부터 수호그룹이었던 애들이랑 같아질 순 없다고. 넌 여기서 살아남을 생각이 없는 거야? 네가 어떻게 여기까지 왔는지는 모르겠지만 저 애들이 우리를 완전히 수호그룹의 멤버로 받아들였다고 생각하면 안 돼. 우리는 언제든 쫓겨날 수 있는 몸이라고. 퇴학당하면 다 끝이라니까? 너도 나처럼 바닥을 기어. 저 애들이 우리보다 위에 있을 수 있게 바닥을 받치라고. 우리 같은 애들이 이곳에서 무사히 생존하려면 그 수밖에 없어. 저 애들 말 한마디면 우리는 언제든 내쫓길 수 있단 말이야."

그러니까 나랑 같이 수호그룹의 밑바닥에서 좋은 친구가 되자고, 사실은 이 말이 하고 싶었던 건데 마음과 달리 말이 까칠하게 튀어나왔다. 몬구가 한숨을 푹 내리 쉬며 책을 덮었다.

"우리가 언제까지 바다 위에서 살 거로 생각해?"

"그건 또 무슨 말이야?"

"땅이 발견될 수도 있잖아."

"너 진짜 웃긴다. 땅이라고 그랬냐? 그런 게 정말로 존재한다고 생각해?"

"응. 바다 밑에 다 가라앉아있으니까 우리 눈에 안 보일 뿐이지 땅은 실재해."

"37구역의 학교에선 쓸데없는 걸 가르치나 보지? 선생님 말씀이 맞았네. 진짜 배워야 할 걸 못 배우니까 계속 그렇게 쓰레기 같이 사는 거지."

"그러면 너도 쓰레기겠네."

"아니야! 난 수호그룹 소속이라고!"

"하지만 37구역 출신이지."

"이게!"

산도가 의자에 앉아있는 몬구를 힘껏 밀어젖혔다. 몬구가 의자와 함께 뒤로 발라당 넘어갔다. 몬구가 옆으로 쓰러지며 서랍장에 머리를 찧었다.

"피? 피, 피야."

몬구의 머리에서 빗줄기 같은 피가 주룩 흘러내렸다. 산도는 어쩔 줄 몰라 하며 발을 동동 굴렀다. 몬구는 땀을 닦듯 이마에 흐르는 피를 소매로 쓱 훔쳤다.

"미안해. 다치게 할 생각은 아니었는데."

"됐어."

"병원에 가자. 피가 계속 흘러."

"괜찮아."

"뭐가 괜찮다는 거야!"

"피는 곧 멈출 거야."

몬구는 태연하게 넘어진 의자를 일으켜 세우고 바닥에 뚝뚝 떨어진 피를 닦아냈다.

"더 늦기 전에 빨리 병원부터 가자."

"됐다고."

"뭐가 됐다고 그래. 피가 난다니까?"

"구급약 있으면 좀 꺼내 봐."

"구급약? 그런 거 없어. 병원에 가는 게 빨라."

"사립학교 기숙사에 구급약도 없다고? 웃기네, 진짜."

"병원 가는 게 무서워서 그래? 병원에 가본 적 없지? 병원이 뭔지는 알지?"

"어이가 없네."

"괜찮아. 병원은 소문처럼 무서운 곳만은 아니야."

"야. 넌 37구역에 살 때 이 정도로 병원에 가본 적 있어? 아니, 거기에 병원이 있긴 했어? 거기 사람들 평생 병원 구경도 못 하고 사는 거 몰라?"

"여긴 37 주거 단지촌이 아니잖아. 병원은 어디에나 있단 말이야. 제발 전에 살던 곳은 잊어."

"이 정도 찢어졌다고 안 죽어. 어디서 고상한 척이야?"

"제발."

"그거나 좀 쓰자."

몬구는 산도가 벗어놓은 티셔츠를 가져가더니 소매를 쭉 찢어 머리에 묶었다.

"세탁하려고 벗어놓은 거야. 더러운 균이 상처에 들어가면 어쩌려고 그래."

"말하는 게 꼭 수호그룹 애들 같네."

"뭐?"

"신경 끄라고. 미안해서 그런 거라면 내 부탁 하나 들어주든지."

"부탁?"

"그 입 좀 다물어주면 고맙겠어."

"진짜 너무한다. 내가 널 다치게 한 건 진심으로 미안하게 생각해. 내가 나빴어. 아무리 화가 나도 그러지 말았어야 했는데. 근데 너도 나한테 사과해야 할 게 많지 않아?"

몬구는 산도의 얼굴을 빤히 쳐다보았다.

"나랑 친해지고 싶냐?"

"아니거든! 난, 나는 그냥, 네가 여기에 잘 적응했으면 좋겠기에 도와주고 싶었던 거야!"

몬구가 산도의 속마음을 낱낱이 캐냈고 산도는 붉게 달아오르는 얼굴을 막을 도리가 없어서 그저 발끈할 수밖에 없었다.

"그게 나랑 친하게 지내고 싶다는 뜻 아니야?"

"아니라고! 난 분명 말했어. 병원에 가자고. 나중에 딴말이나 하지 마. 그럼 나 진짜 피곤하니까."

몬구와 실랑이를 이어 나갈수록 수치스러워졌다. 산도는 침대로 뛰어가 이불을 뒤집어쓰고 누웠다.

"너부터 잘 적응하고 남을 챙기든지 말든지 하라고. 대체 너는 1학년 때부터 여길 다녔다면서 왜 아직도 그 모양 그 꼴로 사는 거냐?"

몬구는 실랑이를 끝낼 생각이 없어 보였다. 산도의 침대 앞으로 의자를 끌고 오는 소리가 들렸다. 투명 인간 취급할 땐 언제고 갑자기 왜 이러는 건지 모르겠다.

"제발 부탁인데 나 좀 내버려 둬."

"먼저 시작한 건 너야."

이불을 폭 덮어쓰고 누운 산도가 등을 돌렸다. 미안하다고 한 번 더 사과해야 하는 걸까. 살면서 누굴 다치게 해본 적이 없었다. 실수인 척 치고 지나가는 애들에게 맞은 적은 있지만 누굴 때린 적도 없었다. 이불을 뒤집어쓰고 바깥 상황을 외면하는 건 몬구의 머리에 두른 옷 조각이 피로 흥건히 젖어가는 걸 보고 싶지 않은 마음에서였다. 비쩍 마른 몬구의 몸이 신경 쓰였다. 그런 애를 그렇게 세게 밀쳐버리다니 비겁했다. 밖에 음식이 널려있는데 대체 왜 한 입도 먹지 않고 있는 걸까.

"미안."

"그게 사과하는 사람의 태도냐?"

몬구의 말이 맞다. 등지고 누워서 하는 사과를 누가 받아줄까. 산도가 이불을 걷고 몸을 일으켰다.

"미안해. 정말로 일부러 그런 건 아니야. 일부러가 아니었더라도 그러면 안 되는 거였지만. 어쨌건 정말로 미안해하고 있다는 것만 알아주면 고맙겠어."

침대에 가만 앉아서 입으로만 미안하다고 말하는 거 너무

건방져 보일까. 무릎이라도 꿇고 앉아야 했던 걸까. 역시 수호그룹 애들은 싸가지가 없다고 생각할까. 수호그룹 이미지에 먹칠을 해버린 걸까. 몬구의 머리에서 피가 나게 했다는 사실이 알려지면 퇴학당하게 될까. 그건 좀 억울한데. 산도를 피나게 했던 애들은 아직도 멀쩡히 학교에 다니니까.

"너 말이야. 기껏 여기까지 올라와 놓고 계속 그런 처지로 남을 셈이야?"

"내가 뭐."

"모르는 거야 모르는 척하는 거야."

"뭘."

알 것 같았지만 모른 척하기로 했다. 자존심 상하니까.

"나처럼 미천한 사람을 수호그룹의 일원으로 받아주다니, 황송해서 어쩔 줄을 모르겠습니다."

목소리를 얇게 빚는 몬구의 조롱 섞인 말투가 천연덕스러워 웃음이 났다.

"넌 뭐 안 그럴 것 같아? 며칠만 더 지나고 봐. 너도 나처럼 있는 듯 없는 듯 살게 될 거니까."

"아니. 난 너처럼 살 생각은 없거든."

"애들 눈에 거슬리면 쫓겨날 수도 있어. 퇴학 사유는 얼마든지 만들어낼 수 있단 말이야."

"여기서 쫓겨날까 무섭냐? 저 사람들이 널 받아준 게 못 견디게 황송한가 보네."

"당연하지. 수호그룹 밖의 삶으론 절대 돌아가고 싶지 않으니까. 난 죽을 때까지 여기서 버틸 거야. 너 같은 애들 때문에 나까지 싸잡아 욕먹을까 봐 얼마나 조마조마한지 넌 모를 거야."

"너 같은 애들 때문에 여기 애들이 더 기세등등해진다고 생각해본 적 없냐?"

"그럴만한 자격이 있으니까."

"37 주거 단지촌에서 태어난 사람들은 인간답게 살 자격이 없는 거고."

"잘 알고 있으면서 왜 그래?"

"그 자격을 누가 만들었는데?"

"그걸 진짜 몰라서 물어? 의미 없는 실랑이를 언제까지 해야 해? 그렇게 삐딱하게 굴어서 네가 얻는 게 뭐야?"

"그렇게 설설 기어 살면 얻는 건 뭔데?"

"설마 거기로 다시 돌아가고 싶어서 그러는 거야? 널 내쫓아주길 바라는 거야?"

"내쫓는다고? 저 사람들이 뭔데 날 내쫓고 말고를 결정하는 거야?"

"수호그룹이잖아!"

"그게 뭐. 그 사람들이 대체 뭔데?"

"수호그룹!"

"수호그룹이 뭐. 나도 이제 수호그룹 소속이야. 너도 마찬가지고. 우린 다 동등해."

"아니야! 우린 달라! 동등할 수 없다는 말을 왜 이해 못 하는 거야!"

"그러면 너 혼자 바닥을 기어. 나까지 물고 늘어지지 말고."

"넌 뭔데 그렇게 기세가 등등한 거야! 네가 뭔데!"

"넌 뭔데?"

"너는 네가 왜 사립학교에 입학하게 되었는지 모른다고 했지."

"응. 몰라. 아무도 얘기해주지 않았으니까."

"그러니 아주 궁금하겠네. 내가 어떻게 사립학교로 전학해 올 수 있었는지. 말해줄까?"

"장학생의 조건에 충족한 거 아니야?"

"맞아."

"그렇다고 해도 너무 기세등등하면 안 돼. 이곳에서도 우리의 자리는 정해져 있단 말이야."

"난 절대 안 쫓겨나. 너랑 나는 다르다고."

몬구는 전학해 온 첫날부터 기죽지 않았었다. 37 주거 단지 촌에선 감히 상상도 해본 적 없는 것들이 사방에 즐비했을 텐데도 눈 하나 깜짝하지 않았다. 산도는 몬구의 저 당당함이

113

불편했다. 가만히 있는 게 상책이란 말이 있다. 산도의 처지에 참 어울리는 말이라고 생각한 적이 있었다. 괜히 들쑤시고 다녀서는 안 된다. 납작 엎드린 채 거슬리지 않도록 알아서 피해 다녀야 한다. 산도는 몬구 때문에 괜한 일에 엮일까 두려웠다. 산도는 몬구가 스스로 자신의 역할을 깨닫길 간절히 바랐다. 37 주거 단지촌에서 태어나 수호그룹의 기숙사에서 지내게 된 것 자체가 더할 나위 없는 큰 축복이란 것도.

"병원부터 가면 안 될까?"

몬구의 머리에 두른 천이 피로 흥건히 젖었다.

"오늘이 무슨 날인지 몰라? 너희들이 그렇게 중요하게 생각하는 해천제 전날 아니야?"

"아, 맞다. 우리 밖에 못 나가지. 그럼 내가 다른 애들한테 도움을 청해볼게. 아버지가 의사인 애들이 몇 명 있어. 걔들은 뭐든 할 수 있을 거야. 피가 많이 났어."

"그래볼까?"

"정말?"

"그래. 애들한테 나를 데리고 가봐. 그 잘난 애들이 내 머리도 고쳐줄까 가보자고."

"나쁜 애들은 아니니까 모른 척하진 않을 거야."

몬구가 코웃음을 쳤지만, 산도는 못 들은 척했다. 나쁜 애들은 아니니까, 그 말이 맘에 걸렸다. 몬구가 온 뒤로 산도가 기

114

준으로 잡고 있던 것들이 흔들렸다. 정말로 나쁜 애들이 아닌 걸까. 그 애들이 산도를 괴롭히고 무시하는 게 당연하다고 생각했다. 정말로 나쁜 애들이 아닌 걸까. 산도의 자격에 문제가 있는 거지 그 애들의 인성엔 아무 문제가 없는 거겠지. 지금껏 그렇게 믿고 살아왔으니 앞으로도 똑같은 신념을 가지고 살아야겠지. 그래야 인생이 평화로워지는 거겠지.

"뭐해. 안 나가고."

산도가 문 앞에서 머뭇거리자 몬구가 먼저 문을 열고 나섰다. 산도는 쭈뼛쭈뼛 몬구의 뒤를 따랐다. 조용히 살고 싶은데 어째서 자꾸 일을 벌이는 건지 모르겠다. 몬구의 머리를 감싸는 천에 피가 흥건하든 말든 상관하지 말 걸 그랬다. 그 애들이랑 엮여봤자 좋을 거 하나 없는데.

"여기서 제일 서열이 높은 애가 누구야?"

기숙사 로비에는 잠들지 못하고 파티를 즐기는 아이들로 북적였다. 몬구는 무리에서 멀찍이 떨어져 산도에게 물었다.

"서열?"

"있을 거 아니야. 사람을 등급 매기는 애들인데, 지들끼리도 등급을 매길 거 아니야. 누구야? 한마디 하면 아무도 끽소리 못 할 놈이."

몬구의 말대로 수호그룹 안에도 서열이 존재했다. 산도가 제일 밑바닥을 자처했듯이 모두가 자신이 어디에 속해야 할 사람인지를 정확히 인지했다. 산도는 주변을 두리번거렸다. 몬구가 찾는 애들이 보이지 않았다.

"스터디룸에 모여 있을 거 같은데."

"거기가 어딘데."

"위층에."

"가자."

"거긴 왜. 아버지가 의사인 애들이라면 여기도 많아."

"그런 애들 상대하고 싶지 않아. 기껏 여기까지 올라왔는데 더 높이 있는 애들을 상대해야 하지 않겠어?"

"무슨 말이야."

"선택해야 할 거야. 그렇게 계속 바닥에서 설설 기든지 나랑 같이 제일 높은 곳까지 올라가든지."

"뭐?"

"못 알아듣겠으면 그냥 입 다물고 따라와."

싸가지는 수호그룹 애들 만만찮게 없구나. 산도는 어째 자신의 주변엔 전부 저런 애들뿐일까 생각하며 몬구를 스터디룸으로 안내했다. 스터디룸은 도서관과는 달리 자유롭게 공부할 수 있는 목적으로 만들어진 곳이다. 그리 넓지도 않고 간식도 항상 구비되어있다. 음악을 틀어도 되고 잡담을 나누어도 된다. 아무나 이용할 수 있지만 주로 아세스의 무리가 스터디룸을 차지했고 그 애들이 스터디룸에 있을 땐 아무도 스터디룸에 들어가지 않았다. 암묵적인 룰이었다. 그걸 가능하게 한 건 몬구가 말한 서열 때문이겠지.

"여기야?"

스터디룸 앞에 서서 몬구가 물었다.

"응."

산도는 한 번도 들어가 본 적 없는 공간이었다. 딱히 공부란 걸 한 적도 없으니 당연한 소리겠지만 산도가 아니더라도 여길 들어가 본 적 있는 애들이 몇이나 될까 싶다.

"노크해야지!"

몬구가 문고리를 잡고 휙 돌렸다. 산도가 몸으로 막았지만, 한발 늦었다.

"뭐야?"

의자 몇 개를 이어 붙여 누워있던 알마가 얼굴을 구기며 돌아보았다. 잠시 문 앞에 서서 안을 둘러보던 몬구가 소파에 기대어 앉은 아세스 앞으로 저벅저벅 걸어갔다. 산도는 조심스럽게 문을 닫고 상황을 가만히 지켜보았다.

"너구나?"

"이 새끼가 미쳤나. 여기가 어디라고 함부로 들어와? 네까짓 게 감히."

알마가 튀어와 아세스와 몬구 사이를 가로막아 섰다.

"아세스, 라고 했던가? 필리스템 손자?"

몬구는 알마를 본체만체하며 아세스 옆으로 가서 슬그머니 앉았다.

"비켜. 내가 네 펑퍼짐한 엉덩이를 언제까지 보고 있어야 할까?"

"아. 미안."

아세스의 목소리에 알마가 민망스러움을 숨기지 못하고 슬쩍 자리를 비켰다.

"나한테 볼일 있어?"

"아니."

"산도가 기숙사 생활 규칙을 제대로 안 알려줬구나?"

"아니. 제대로 들었어. 여긴 거의 너희들만 쓴다며?"

"잘못 알려줬네. 여긴 모두의 공간이야."

"다른 애들은 알아서 피해주는 거고. 자발적으로 말이야."

"뭐, 거기까진 나도 모르겠고."

"나는 그럴 생각이 없거든. 불편하면 너희가 피해야 할 거야."

"산도. 전학생 관리를 엉망으로 했구나? 어떻게 제대로 할 줄 아는 게 하나도 없을 수 있지? 이런 일 하나 제대로 처리하지 못하니까. 그래서 앞으로 우리가 너한테 무슨 일을 맡길 수 있을까? 졸업하고도 내가 널 일일이 챙겨야 하는 거 아니겠지? 아침마다 깨워주는 걸로 모자라니? 내가 어디까지 해줘야 하는 거지?"

아세스의 말이 끝나기 무섭게 알마가 다가와 산도의 어깨에 팔을 위협적으로 둘렀다. 산도는 알마의 팔에 꼼짝없이 묶인 채 이 상황을 슬기롭게 빠져나갈 방법을 궁리했지만 이미 일은 돌이킬 수 없이 망가져 버렸음만 여실히 느껴질 뿐이었다.

"어이. 덩치 좋은 놈. 내 룸메이트 숨 막혀 죽을 거 같은데? 숨통 좀 트이게 해주지?"

몬구가 알마를 턱짓으로 가리키며 가소로운 듯 피식 웃었다.

"입이 좀 험하다? 네가 살던 곳에선 다들 그런 식으로 말하나 보지?"

아세스가 웃음기를 싹 지우고 상체를 굽혔다.

"너부터 함부로 지껄이지 않는 게 어때?"

"네가 나한테 함부로 굴지 않으면 아무 일도 일어나지 않을 거야."

"함부로 굴다니? 내가 이깟 스터디룸에 들어와 본 게 무슨 잘못이라도 된다고? 웃기네."

"네가 아직 수호그룹의 룰을 제대로 파악하지 못한 모양이다."

"상황을 제대로 파악 못 한 건 네가 아닐까?"

몬구가 자리에서 일어나 아세스를 넌지시 내려다보며 말을 이었다.

"나한테 형이 하나 있어. 사람 노릇도 제대로 못 하는 인간이지. 그걸 어디다 써먹나 싶었는데 형 노릇 한번 제대로 하더라고. 형 덕분에 여기로 전학해 올 수 있었지. 내가 이걸 너한테 왜 말하는지 알지? 우리 형 덕분에 너희가 이 호사를 당연하게 누리고 있다는 거, 다 까발려줘?"

몬구의 말에 아세스가 입술을 꽉 깨물었다.

"오늘은 이만 갈게. 또 보자, 친구."

몬구는 아세스의 등을 가볍게 두드리곤 기지개를 켜며 일어섰다.

"가자, 산도. 일찍 자야지. 내일 중요한 날이잖아?"

몬구가 산도의 곁으로 다가왔다. 알마가 이를 부득부득 갈며 몬구의 어깨를 밀쳤다. 키는 엇비슷했지만 알마는 몬구보다 배로 덩치가 컸다. 몬구가 휘청대며 뒤로 자빠졌다. 팽팽한 긴장감이 돌던 스터디룸에서 그제야 웃음소리가 하나둘 터져 나왔다. 산도는 몬구의 손을 잡아당겨 일으켜 세웠다. 이 비쩍 마른 애가 뭘 믿고 여기까지 쳐들어와서 헛소리나 지껄였던 건지 모르겠다.

"또 보자!"

닫히는 문 사이로 비웃음을 가득 머금은 알마의 얍삽한 목소리가 들려왔다. 산도는 스터디룸 안에 있는 애들의 비위에 거슬리지 않도록 조용히 문을 잡아당겼다.

"네 형이 뭘 했기에 아세스가 아무 말도 못 해?"

"나도 자세히는 몰라. 짐작 가는 데가 있어서 그냥 한 번 던져본 거야. 저렇게 발끈하는 거 보니 내 짐작이 맞는 것 같기도 하고."

"쟤들 눈에 거슬려봐야 좋을 거 없어."

산도는 충고하듯 한소리 뱉었다.

"지켜봐. 난 쟤들 위에 올라설 테니까."

몬구는 전혀 기죽은 티도 없이 성큼성큼 계단을 내려갔다. 대체 저 아이의 무엇이 치이고 다쳐도 여전히 위풍당당할 수 있게 만드는 걸까. 산도는 멀어져가는 몬구의 뒷모습을 바라보며 저 아이와 앞으로도 한편에 서 있어야겠다고 생각했다.

9.

왕부는 홀로 옥상에 서서 까만 바다를 내려다보았다. 온
세상을 집어삼킬 결심이라도 한 듯 며칠 연속 내리치던 폭풍
우가 마침내 물러났다. 고요한 바다는 죽은 것처럼 잠잠했다.
맑은 하늘 아래에 있는 바다보다 거센 풍랑 속의 바다가 더
안전해 보이는 이유가 뭘까. 축축한 공기를 한숨 크게 들이
켜고 쉬어 봐도 삭막해진 가슴은 후련해지지 않았다.

저 아래에서 사람들의 수런대는 목소리가 들린다. 갑판 위
에 몇몇이 몰려있었다. 파도조차 일렁이지 않는 적막 짙은
밤엔 소리를 조심해야 한다. 드넓은 바다라지만 수면 위로
통통 튀어 오르는 속닥거림을 누군가 듣고 있을지 모를 일이
다. 저들이 무얼 하는 중인지 잘 알고 있다. 왕부의 자리에
오르고 얼마 지나지 않아 사람들에게 명했던 것이 선명히 기

억난다.

용왕님의 선택을 받은 자들이여, 그저 행하라. 용왕님이 그리하길 원하신다.

여타 이유는 필요 없었다. 구구절절할수록 세뇌의 효과는 감소한다. 저들은 오물 저장소를 비우는 일을 담당한다. 폭풍우가 거세어 아무도 밖으로 나올 엄두를 못 내는 날과 외출이 금지된 해천제 전날 밤이 적기이다. 저장소에 쌓인 폐기물과 오물을 얼마나 오래 바다에 내다 버려 온 건지 알지 못한다. 처음부터였는지도 모르겠다.

바다 위 어딘가 쓰레기장으로 쓰이는 무인호가 존재한다고 전해져 내려오지만 정확한 위치가 어디인지는 아무도 알지 못한다. 무인호가 있다고 한들 19척의 배가 긴 세월 뱉어온 폐기물과 오물을 다 받아내기엔 역부족일 것이다. 그 무게를 견디다 못해 바닷속으로 가라앉았을지도 모르고 거친 풍랑과 파도에 수시로 위치가 바뀌고 있는지도 모르지만 애초에 존재하지 않았을 가능성도 배제할 순 없다.

어둠이 달려와 사방을 덮으면 한 치 앞이 보이지 않는 게 바다 위의 삶이다. 비밀스러운 임무가 주어진 밤엔 최소한의 조명만 옅게 내버려 둔 채 나머지는 다 소등시킨다. 임무를 수행하는 동안엔 말 한마디 꺼내지 말라고 명했었지만 입을 닫기 어려운 상황임을 모르지 않는다. 사람 몸집만큼 굵은 호수를 지하에서부터 끌고 올라오면 정화되지 않은 온갖 오물이 터지듯 밀려 나온다. 압력을 이기지 못한 호스가 고정 지지대에서 이탈할 가능성이 존재하므로 몇몇은 호스를 품에 안듯 꽉 붙잡고 있어야 한다. 나머지 사람들은 호스를 통해 밖으로 배출하지 못하는 부피 큰 쓰레기를 운반대에 실어 옮긴 다음 수직 이동장치를 이용해 바다에 내던져야 한다.

저장소는 포화상태인지라 되도록 많은 양의 오물과 폐기물을 적기인 밤마다 처리해야 한다. 아마 다마논드호에서 가장 필요한 인력이 누구냐 묻는다면 저들일지도 모르겠다. 저들의 임무를 바다도 허락했는가에 대해서는 장담할 수 없다. 용왕이 명한 일이 아니다. 무인호를 찾을 노력조차 하지 않는 수호그룹 일부의 지시였다.

선장이 지금보다 젊었을 적에 왕부에게 금서를 보여준 적이 있다. 바다는 원래부터 이런 빛깔이지 않았다. 푸르고 맑고 아름다웠다. 찐득하고 검붉지 않았다. 빗방울을 모아놓은 물보다 더 깨끗했다.

바다가 저렇게 된 원인이 오물과 폐기물에 있을까. 다른 18척의 배 역시 상황이 다르지 않을 터였다. 무인호의 위치를 알면서 공유하지 않을 이유가 없으니까. 지구에 땅이 존재하던 시절도 있었다고 하니 바다도 세월 따라 변할 수 있지 않을까. 하지만 그 변화가 너무 섬찟했다. 바꿔야만 한다고 젊은 패기로 머리를 맞대던 시절도 있었다. 그 시절 선장과 많은 금서를 함께 읽으며 더 나은 세상을 만들기 위한 전략을 짜기도 했다. 땅이 사라진 이유가 지구를 함부로 대했기 때문이라면 바다에 오물과 폐기물을 버리는 행위를 중단하면 땅이 다시 나타날 수도 있는 걸까. 그러면 이 좁아터진 배를 버리고 바다만큼 드넓은 땅을 거닐며 살 수 있지 않을까. 그럼 37 주거 단지촌 같은 곳에서 사람이 더 살지 않아도 되는 걸까.

자주 어울려 다니는 선장과 왕부를 바라보는 시선이 곱지 않았고 뭔가를 해볼 사이도 없이 젊은이의 패기는 흐지부지 사라지고 말았다. 그 젊은 날에 무슨 시도라도 했다면 좀 달라졌을까.

"왕부님."

"왔는가."

드디어 기다리던 손님이 도착했다. 다마논드호에서 가장 영향력 있는 언론인인 마르에스가 다가와 왕부 옆에 섰다.

"이런 날 밖으로 부르시다니요. 정말이지 엄청난 각오 없이는 여기까지 올 수도 없었습니다."

"내 명령이니 괜찮지 않은가."

마르에스의 얼굴을 찬찬히 뜯어보았다. 마르에스를 이 자리에 불러내고야 말았다는 사실에 마음이 편치는 않았다. 지금부터 왕부가 하려는 행동이 다마논드호에 끼칠 영향은 자명했다. 다마논드호의 체제를 무너뜨리겠단 결심이었다. 당연한 얘기겠지만 왕부는 이 배에서 평생을 살아왔다.

다마논드호에서의 삶이 어땠는가. 모르겠다. 썩 좋지도 나쁘지도 않았던 거 보면 왕부로 발탁되기 전의 삶은 기억에서 오래전 지워진 것 같다. 그 틈이 꽤 클 텐데도 왕부가 되어 온갖 호사를 누리며 살아오느라 다 잊힌 게 아닌가 싶다. 왕부의 자리를 만들어주는 세력과의 이해관계에 몰두하느라 다른 생각은 할 틈이 없었는지도 모르고. 별 노력 없이 얻게 된 쾌락과 안락에 중독된 인간에겐 만족이 사라진다. 쉽사리 채워지지 않는 마음의 허기를 달래는 데에 온 신경을 쏟아야 했다. 사람들이 그러하듯 용왕에게 간절히 기도를 올린 적도 있지만 애초에 존재하지도 않는 용왕 따위로 빈 곳을 채울 수 있을 리 없었다.

정말로 신이 있다면 얼마나 좋을까.

다른 배의 사정도 다를 바 없을 것이다. 다마논드호여서가 아니라 그 어느 곳에서든 사람이 살아가는 데에는 질서가 필요하다. 누군가에겐 불공정하지만 누군가에겐 합리적인 체제가 반드시 필요하고, 어느 쪽이 더 희생할 것인가를 선택하는 건 결국 그 체제를 확립하고 유지하는 인간이다. 비겁하게도 왕부는 힘이 더 필요하지 않은 곳으로 편의가 기우는 걸 모른 체했다. 왕부 역시 수호그룹에 편승하며 그 수혜를 톡톡히 받는 무리에 속하게 되었으니까. 인제 와서 사람들에게 다마논드호의 질서를 잡고 있는 체제가 어느 한쪽으로 기울여있음을 밝힐 생각은 없다. 공평한 세상은 존재할 수 없고 존재해서도 안 된다는 것쯤은 알고 있다. 하지만 탄생부터 죽음에 이르기까지 잘못도 없이 온갖 고초를 다 겪고서도 그 불합리함을 인지하지 못하는 사람들에게 기회를 줘볼 수는 있지 않나.

"안색이 좋지 않으시네요. 괜찮으십니까."

"괜찮네. 난 괜찮아."

"저를 보자고 하신 이유가…"

다마논드호의 대표 언론사 하닷의 간판급 기자로 활동해온 마르에스가 갑작스레 퇴사한 이유를 두고 많은 말이 오갔다. 왕부라고 그 정확한 연유를 알 수 있는 건 아니었지만 다마논드호의 3대 기업 중 하나인 요나다의 청탁 비리를 덮어주는 대가로 하닷이 받은 뇌물에 대해 취재하다 징계를 받았다는 말이 항간에 떠돌고 있긴 했다.

"아래를 보게."

왕부의 앙상 마른 손이 아래를 가리켰다. 갑판과 옥상 사이의 거리가 멀어 갑판 위의 분주한 움직임을 소상히 들여다 볼 순 없지만 마르에스 정도라면 저들이 무얼 하는 건지 쉽게 지레짐작할 수 있을 것이었다.

"흠."

마르에스가 몹시 흥미로운 듯 팔짱을 끼고서 아래를 내려다봤다. 하닷에서 나갔다고 해서 마르에스의 영향력이 사라진 건 아니다. 여전히 마르에스의 말과 행동은 주목받고 있으며 추후 행보에 관심이 쏠려있기도 하다. 왕부가 마르에스에게 저 광경을 보여주기로 작정한 이유였다. 이 배 위에선 현재의 체제를 고치기 힘들 것이다. 하지만 땅에서라면 좀 다르지 않을까. 믿기 힘들지만, 땅이란 것이 정말로 존재한다면 바다를 어르고 달래어 수면 아래에 감추어진 땅이 드러날 수 있다면 뭐든 해볼 수 있지 않을까.

"한때 사람들은 배가 아닌 땅에서 살았었다고 하더군."

"네. 들어본 적 있습니다."

"바다가 땅을 덮쳐버려서 땅에 있던 모든 것이 물에 잠겼고 배에 탄 것들만이 살아남았다고. 사람들이 지구를 괴롭게 만들어 벌어진 일이라고 하던데. 그때의 사람들이 어떤 방식으로 지구를 괴롭혔는지는 모르겠으나 저런 식이지 않았겠나."

한 걸음 떼기가 힘겹고 한마디 내뱉기가 어려웠지만 왕부는 또박또박 말을 전하려 애를 썼다. 남은 시간이 넉넉하지 않다. 용왕이란 게 정말로 있어서 신이 이 모든 걸 다 지켜 보고 있어서 끝이 보이는 생명을 좀 더 연장해주길 마르에스 가 추후 펼치게 될 싸움의 결말을 지켜볼 수 있길 왕부는 간 절히 바랐다.

"흠. 문제가 심각해 보이네요."

"그렇지."

수호그룹이 쳐놓은 테두리는 정당한가에 관한 의문조차 가지지 못하게 하는 것. 37 주거 단지촌에 사는 사람들이 별반 차이도 없는 36 거주 단지촌 수준의 삶을 감히 넘보지 못하도록 세뇌된 것. 이 모든 게 수호그룹 밖의 사람들을 우습게 여긴 오만함에서 출발하지 않았는가. 죽을 때가 되니 세상이 달리 보여 이러는 건가. 글쎄. 뒤죽박죽이다. 용왕이 거짓이란 걸 알면서도 그 존재를 부정할 수 없었던 것처럼. 37 주거 단지촌의 생활을 동정하면서도 당연하다 여겨왔던 것처럼.

용왕은 권력의 또 다른 말이었다. 수호그룹이 누리는 권리와 부가 당당하지 못해 포장하다 보니 용왕이란 신이 탄생한 것이다. 왕부를 짓밟던 수호그룹의 일원 몇몇 얼굴이 스쳐 지나갔다. 그들이 두려워하는 건 다마논드호 밖에서의 삶일 것이다. 사라진 땅이 다시 나타날 가능성이 있다는 걸 사람들이 알아차릴 때 수호그룹을 둘러싼 테두리가 붕괴되지 않고 견고히 자리를 지킬 수 있을까. 아니. 아닐 것이다. 나약한 수호그룹 인간들은 아무것도 지켜내지 못할 것이다. 바다가 계속 더러워야만 하는 이유이다. 혹시 모를 위험을 줄이기 위해. 바다가 내려가고 땅이 올라오는 그런 위험 말이다.

"용왕님이 계시는 곳은 바다가 아닙니까?"

"그렇지."

"왕부님이 섬기는 분이 바로 그 용왕님 아니었나요?"

"그렇지."

"용왕님은 뭐라고 하시던가요?"

"자네를 이 자리에 부르라고 하시더군."

"제가 뭘 하면 되죠?"

"자네의 일을 하는 거지."

"흠."

바다로 쏟아지는 오물의 악취가 다마논드호 옥상까지 풍겨왔다. 마르에스가 콧구멍을 벌름거리며 불쾌해했다. 왜 놀라지 않는지 궁금해할 여력이 없었다. 왕부는 옥상 난간을 짚으며 몸을 앞으로 기울였다. 나머지는 마르에스에게 맡기고 이만 침대에 몸을 누이고 싶었다.

"왕부님은 왜 말리지 않으셨는지 여쭈어도 되겠습니까?"

기력이 더 남질 않아 대답하지 못한 게 아니다. 머릿속을 헤매며 답을 찾느라 우물댔을 뿐인데 마르에스는 그 잠깐의 기다림조차 용납하지 못하겠다는 듯 귀찮은 표정으로 고개를 저었다.

"사람이 땅에 살던 시절엔 신이 많았다고 들었습니다. 바다의 신, 땅의 신, 하늘의 신. 그뿐 아니라 별의별 신이 다 있었다고. 같은 땅에 살아도 믿는 신이 다르고 지배하는 통치자가 다르고 신과 교류하는 종교인도 수두룩했고. 땅에선 그런 걸 자유라고 불렀다더군요. 땅에 선을 그어놓았대요. 영역을 구분하느라. 참 번거롭게 살지 않나요?"

"무슨 말이 하고 싶은 건가?"

"왕부님은 땅에서 살아보고 싶으신 건지 묻는 겁니다."

"그런 기회가 나에게 주어지겠는가."

"다마논드호를 수호그룹이 통치할 수 있었던 건 용왕이라는 단 하나의 신이 존재한다고 믿게 했기 때문이지 않습니까. 그런데 신이 더 늘어난다면…. 그런 세상에서 왕부님은 어떻게 될 것 같습니까? 그런 세상이 오도록 수호그룹의 일원들이 내버려 둘 것 같습니까?"

"그래서 자네를."

말을 마저 끝내야 하는데. 눈앞이 핑 돌았다. 마르에스가 내리친 흉기에 머리를 맞았다. 왕부가 악 소리를 내며 바닥으로 철퍼덕 쓰러졌다. 차라리 죽이지 그러나. 이 자리에서

다 끝내주지 그러나. 청하고 싶지만, 입이 떨어지지 않았다. 눈앞이 흐려진다. 온종일 먹은 것이 아무것도 없다. 묽은 죽을 삼키는 것도 버거울 지경이다. 이러지 않아도 곧 갈 텐데. 마지막이 너무 고통스럽구나. 눈을 껌뻑이며 마르에스의 얼굴을 올려다보았다. 히죽 웃으며 쭈그려 앉아 왕부의 코에 손가락을 가져다 댔다.

"어차피 내일 해천제에서 왕부가 바뀐다 지요. 아. 놀랄 거 없으세요. 알 만한 사람들은 다 알고 있으니까. 이 동네 소문이 얼마나 빠른지 아직 모르시는 것 같습니다만. 나를 여기로 불렀다니 다들 코웃음을 치더라고요. 그 몸을 하고 기껏 생각해낸 묘수가 나 같은 기자에게 일러바치는 거라니. 그냥 둬도 오래 갈 목숨은 아니라니 죽여도 그만 살려도 그만이라고 했는데. 음. 어떻게 해드릴까요?"

마르에스가 모로 쓰러진 왕부를 똑바로 누이며 어깨를 지그시 눌렀다.

"개인적으론 왕부 교체에 좀 더 극적인 연출이 필요하지 않을까 생각합니다. 평생에 딱 한 번뿐인 행사 아니겠습니까. 사실 역대 왕부들의 평균수명을 생각할 때 삼십 년 정도는 더 버티셔야 했던 게 아닌가 싶지만 사람 명이란 게 맘대로 되는 게 아니니까 이해는 합니다. 아. 필리스템에서 언론사를 하나 세울 거라고 하더군요. 제가 거기 대표로 앉기로 했습니다. 언론사가 많아지면 이런저런 골치 아픈 일만 늘어나니 하닷을 가라앉히는 데 오랜 공을 들이고 있죠. 저 바다 아래 깊숙이 잠든 땅이란 것처럼. 좋지 않습니다. 자꾸 이렇게 들 쑤시고 다니시면. 제가 오늘 살려드린 건 일종의 경고입니다. 내일 해천제 잘 부탁드리겠습니다. 뭐 입도 벙긋 못하게 되신 것 같지만. 이 모든 게 다마논드호를 위한 일 아닙니까. 우리 좀 평화롭게 삽시다. 네?"

마르에스의 멀어지는 뒷모습을 지켜보며 왕부는 한줄기 눈물을 흘렸다. 벌레만도 못하게 살던 시절은 짧았다. 이유도 모른 채 왕부의 자리에 올라 호의호식하며 살았다. 끝이 비참하긴 하지만 끝은 중요한 게 아니다. 편하게 살았으니 꽤 괜찮은 인생 아니었겠는가.

해천제까지 버틸 수 있을까. 마르에스를 여기까지 불러내준 건 이작이었다. 돌아갈 땐 마르케스에게 데려다 달라고 부탁할 참이었건만 일이 이렇게 꼬이고 말았다. 밤바람이 찼다. 왕부가 돌아오지 않은 것을 눈치챈 제자들이 찾아와주길 바라는 수밖에 없다. 하늘이 바다만큼 시커먼 밤이면 저 먼 곳에 무엇이 있을까 궁금해지곤 한다. 37 주거 단지촌에 살 때 감히 떠올릴 수도 없던 생각이었다. 천천히 껌뻑이던 왕부의 눈꺼풀이 파르르 떨리며 눈동자를 덮었다.

10.

빙하가 녹는 속도가 걷잡을 수 없이 빨라졌다. 해수면이 높아지는 게 눈에 선명하게 보일 정도였다. 삶의 터전이 물에 잠겨가고 있었다. 사람들이 불안해했다. 전 세계 언론사들은 각국 정부가 시키는 대로 발표했다.

함께 노력하면 막을 수 있다!

우리에게는 아직 기회가 남아있다!

심각성을 인지한 사람들에게 밑도 끝도 없는 긍정의 말을 전하며 환경을 살리기 위한 노력을 하게 만들었다. 플라스틱 사용금지, 전기 사용 줄이기, 대중교통 이용하기, 육식 금지 같은 것들 말이다. 유명 대학에서 발표한 논문을 인용하며 환경을 되살리기 위해 노력만 한다면 수년 내에 해수면이 낮아질 수 있다는 희망의 메시지를 전달했다.

사람들은 생존본능에 따라 성의를 다해 언론이 배포한 지침을 따랐다. 그들의 말을 신뢰할 수 있느냐 아니냐의 문제가 아니었다. 무조건 그 말을 믿어야 했다. 하루가 다르게 높아지는 해수면을 보고 있자면 무엇이든 하지 않을 수가 없었다.

사람들은 그것이 썩은 동아줄인 줄 몰랐다. 전 세계 사람들이 하나로 뭉쳐 각고의 노력을 펼쳐도 사라지는 땅의 면적은 넓어지기만 했다. 땅이 사라지는 게 눈에 선명히 보일 정도인데도 각국의 정부는 해수면이 서서히 낮아지고 있음을 확인했다는 거짓 정보를 발표했다. 사람들은 그들의 말을 믿었다. 믿는 것 말고는 달리 할 수 있는 일이 없었다.

사실 오래전부터 이런 일이 벌어질 것을 예측하였던 사람들이 있었다. 빠른 속도로 녹기 시작한 빙하를 사람의 힘으로 되돌리기엔 이미 늦었다는 것을 알고 있었다. 그들의 주장은 각국의 대표들을 한자리에 모이게 했다.

"대책을 세워야 합니다. 모조리 익사 당하고 싶지 않으면."

익사….

그 낯선 단어가 그 자리에 모인 사람들을 하나로 뭉치게 했다. 망설이지 않는 사람들이었다. 추진력이 뛰어난 사람들이었다. 하자고 마음먹으면 뭐든 가능한 사람들이었다. 그만한 자금줄도 가지고 있었다. 그들은 성경에서 답을 찾았다.

노아의 방주.

해수면이 높아지는 것이 사람의 눈으로 확인할 수 있었을 즈음에는 이미 바다 한 가운데에 19척의 배가 완성되어가고 있었다. 새로운 삶의 터전이 될 배는, 배라고 명칭 하기 낯설 정도로 크고 높고 견고했다. 한 도시를 배 위로 그대로 옮기도록 설계되었기 때문이다. 배 하나당 수용할 수 있는 인원은 삼백만 명이었다.

그들은 비밀리에 조직을 구성했고 협약서를 작성했다. 대륙, 인종, 국적을 중심으로 19개 하부조직을 나누었으며 하부조직들은 배에 탑승할 수 있는 사람들을 어떻게 선별할 것인가를 두고 각자 고민하기로 했다. 조직구성원 본인과 가족들은 물론 탑승명단에 이미 올라가 있었다. 사람들이 각고의 노력으로 해수면을 낮추고자 하는 것을 한심하게 지켜보며 선택받은 사람들은 새로운 삶을 준비하고 있었다. 넘치게 돈이 많거나 권력이 있거나 아는 것이 많은 사람이었다. 주어진 시간을 먹고 사는 일에만 쏟아붓지 않아도 되는 사람들 말이다.

바다 가까이에 살던 사람들이 먼저 희생당했다. 막을 새가 없었다. 모두가 잠든 밤사이에 해수면이 급작스럽게 높아져 바닷물이 밀고 들어왔다. 이렇게 될 줄 몰랐느냐고 왜 거기서 여태껏 머물렀느냐고 죽은 사람들을 탓했다. 이럴 줄 알았음에도 달리 갈 만한 곳이 없었던 것이 잘못이었다, 해수면이 낮아질 거라는 또 낮아지고 있다는 언론의 보도를 바보같이 믿은 것이 잘못이었다, 처음엔 수백 명, 다음엔 수천명, 그다음엔 수만 명, 그리고 수십만 명이 목숨을 잃었다.

사람들이 술렁였다. 의심하기 시작했다. 이 모든 게 거짓이 아니었을까. 어떤 나라는 흔적도 없이 사라졌다. 살아남은 사람들은 인접 국가에서 품어주었다. 그 수가 많지 않았기에 가능한 일이었다.

"대책을 마련하라! 대책을 마련하라!"

사람들이 광장에 모였다. 살고 싶었다. 해결책을 마련해줄 사람이 분명히 있을 거라고 믿었다. 자연은 사람보다 위대하지만, 사람은 자연보다 똑똑하니까. 하지만 사람들이 모르는 게 있었다. 아무것도 가지지 못한 사람들은 정보가 느리다는 것. 이미 어마어마한 수의 사람들이 죽고 난 뒤에야 광장에 모여든 것처럼.

마침내 배가 완성되었다. 바다 한가운데에서 몸을 숨기고 있던 19척의 배들이 모습을 드러냈다. 거대한 배의 출연에 사람들은 잽싸게 짐을 챙겼다. 살 수 있다는 희망에 가슴이 벅찼다. 흩어진 가족들에게 연락하고 더 이상 두려움에 떨지 않아도 된다며 기뻐했다. 대책을 미리 마련한 정부와 국제조직에 깊이 감사하기도 했다.

그 시각, 이미 배에는 수많은 사람이 탑승해있었다.

먼저 조직구성원과 그 가족, 친구, 지인들.

배를 만드는 데에 자금을 투자한 사람들과 그 가족, 친구, 지인들.

배를 짓는데 실질적으로 기여한 사람들과 그 가족, 친구, 지인들.

배 위에서의 삶을 지속해나가는 데 필요한 기술자들과 그 가족, 친구, 지인들.

물론 이 모든 사람이 동시에 탑승할 수 있었던 건 아니다. 가장 먼저 조직원과 그 가족과 친구, 지인들이 배에 탑승해 가장 좋은 주거 공간을 차지하고 일터를 꾸몄다. 그다음이 자금투자자들. 그들도 꽤 호화스러운 공간들을 차지할 수 있었다. 그다음 차례는 배를 실질적으로 탄생시킨 사람들과 그 가족 친구, 지인들에게 돌아갔다. 앞으로 배 위에서의 삶에 도움을 줄 기술자들과 그 가족, 친구, 지인들이 탑승했다.

기술의 기여도와 숙련도에 따라 순서가 정해졌다. 순서에 불만을 품은 사람들도 있었으나 소리 내어 불만을 털어놓지 않았다. 세상에 기술자는 널리고 널렸고 선택받았다는 것만으로도 충분히 감사했으니까. 뒷거래로 탑승의 기회를 움켜쥔 사람들이 그다음에 배치되었다. 그 사람들이 누구와 부정한 거래를 했는지 알 수는 없지만, 그것에 관해서 제재를 가하는 이는 아무도 없었다. 무작위 추첨으로 선출된 사람들도 다수 포함되어 있다는 보고서가 존재했지만 사실 여부는 증명되지 않았다.

수용인원을 꽉꽉 채워 출항할 순 없었다. 삼백만 명을 수용할 수 있다고 해도 삼백만 명을 꽉 채워 태울 수는 없었다. 바다 위의 생활은 장기전으로 봐야 했다. 승선한 사람들의 한평생으로 끝날 일이 아니었다. 후세들과 후세들의 후세 삶까지 고려하여야만 했다. 사람들은 지구멸망의 순간에도 임신할 것이고 아기는 태어날 것이다. 남녀의 성비도 맞춰야 했고 연령대도 고려해야 했다.

가장 먼저 탑승을 마감한 배는 유럽지역을 담당하기로 했던 크리마칼호였다. 신청자를 받은 다음 컴퓨터 프로그램을 이용해 무작위 추첨을 시행했다. 압도적으로 백인이 많이 뽑힌 추첨 결과를 보며 조작되었다고 주장하는 인종차별 단체가 집결되기도 했다. 하지만 아무도 배의 출항을 막을 수가 없었다. 크리마칼호가 떠나고 다른 배들도 하나둘 탑승을 마감했다. 남겨진 사람들은 조그맣게 남은 땅에 옹기종기 모여 떠나는 배를 허망하게 바라보았다.

땅은 버려졌다. 바다에 잠식되어가던 땅은 마지막 탑승객들을 실은 배가 떠나고 얼마 지나지 않아 완전히 수면 아래로 사라지게 되었다. 배 위로 거처를 옮기지 못한 사람들은 순식간에 바다 아래에 잠겨 영원히 잠들었다.

배에는 사람 말고도 선택받은 무수한 생명들이 존재했다. 개, 고양이, 소, 돼지, 닭, 양, 염소들이 보금자리를 마련할 수 있었고 호수에는 다양한 종류의 물고기들이 노닐었다. 공원에는 형형색색의 꽃들이 심겨 있었고 그 위를 벌들이 날아다녔다. 언덕에는 푸른 나무들이 자태를 뽐내고 있고 잘 만들어진 산책로를 따라 언덕을 한 바퀴 돌다 보면 무리를 지어 이동하는 개미들을 비롯한 여러 곤충을 구경할 수도 있다. 어느 배에도 승선목록에 이름을 올린 적 없는 바퀴벌레, 쥐, 지네, 모기, 파리 등은 악착같이 어딘가에 들러붙어 19척의 배에서 질긴 생명력을 이어갔다.

사람들의 입으로 들어갈 것에는 더 많은 신경을 썼다.

가축들을 위한 구역이 따로 있었다. 가축별로 철저히 공간을 나누어 관리인들의 불편함은 감소했다. 공기청정기와 환풍기가 곳곳에 설치되었다. 가축들의 복지에도 신경을 썼다. 건물 밖으로 나갈 수 없는 신세지만 갇혀 산다는 느낌이 들지 않도록 공간을 최대한 넓혔고 조명의 밝기를 조정해 낮과 밤을 구분 짓게 만들며 공장식으로 동물을 사육하는 걸 금하기로 했다.

농작물도 마찬가지였다. 기후환경이 나빠졌다. 폭풍우가 자주 휘몰아쳤고 해가 뜨는 날보다 뜨지 않는 날이 더 많았다.

기후와 온도에 예민한 농작물은 좀 더 세심하게 관리할 필요가 있었다. 건물 두 개를 통째로 농작물 센터로 만들었다. 챙겨온 각종 곡물류, 채소류, 과일류를 종별로 나누어 최적 온도로 맞추어 관리했다. 당분간 먹을 것은 가득 챙겨왔으나 당장 농사를 시작해야 다음 해부터 기근이 드는 걸 막을 수 있을 터였다.

사람들은 최대한 다양한 종류의 생물을 배에 태우려고 했지만, 한계가 있었다. 19척의 배들은 합의를 통해 독점할 생물들은 나누기로 했다. 훗날에 개체수가 늘어나면 교환을 하면 될 일이기 때문이었다. 그럼에도 몇 가지 잊어버린 생물들은 멸종의 길로 접어들게 되었다. 장수풍뎅이, 오렌지, 브로콜리, 하마, 팥, 고추잠자리, 해바라기, 메추리 등이었다. 땅 위에 버려두고 온 사람들은 곧 잊었지만 멸종되어버린 생물들에 대한 그리움은 그보단 오래 이어졌다.

통화를 하나로 통일했다. 탑승순서대로 차등하여 당분간 쓸 수 있는 돈을 배부했다. 사람들은 그 돈으로 필요한 것들을 구매할 수 있었지만 얼마 지나지 않아 돈은 바닥을 드러냈다. 일을 시작해야 했다. 배 위에서의 삶에 안착하려면 돈이 필요했다. 공짜로 얻을 수 있는 건 없었다. 지긋지긋한 경제생활이 예상보다 일찍 시작된 것이다.

죽은 사람의 숫자가 얼마나 될지 가늠할 수 없었다. 생존자의 숫자만 기억될 뿐이다. 생존자들은 19척의 배에 나뉘어 탔고 그 안에서 각자의 영역을 확보해나갔다. 사람들은 차츰 바다 위의 삶에 적응해나갔다. 다른 선택권이 없으므로 적응의 속도가 더욱 빨랐다.

그렇게 땅 위에서의 삶의 방식을 바다 위의 배로 옮겨왔다. 평등하지만 평등하지 않았고 동등한 인간이지만 동등하지만은 않은 삶이었다. 누군가에겐 천국이었고 누군가에겐 지옥인 삶이 시작된 것이다.

완전히 평등한 사회는 없다.

이미 배에 탑승할 때부터 차등을 두었다. 게다가 배 안의 주거 공간이 동일하게 만들어지지 않았다. 어딘가는 분에 넘치게 호화스럽고 어딘가는 평범하며 어딘가는 사람이 살라고 만든 건지 의심스러울 정도로 허름했다.

직업도 그랬다. 누군가는 윤기 나는 반듯한 옷을 입고 별로 할 일이 없어 보이는 곳으로 출근했다. 누군가는 온종일 온몸이 다 젖을 정도로 땀을 뚝뚝 흘려가며 쉴 새 없이 일했다. 일의 강도가 세다고 해서 가져가는 돈이 더 많은 것도 아니었다. 세상은 땅 위에서 살 때와 완벽히 똑같이 흘러갔다. 거기서 살던 사람들이 여기로 옮겨온 것뿐이니까.

시간이 지나갔다.

사람 사는 곳이 으레 그렇듯 불만이 생기기 시작했다. 불공평함과 불합리함과 불평등함에 대해 소리 내어 토로하는 사람들이 나왔다. 그들은 주로 뒤늦게 탑승해야 했던 사람들이었다.

"왜 우리는 계속 가난해야 하지?"

"왜 우리가 사는 집은 이렇게 좁은 거야? 창도 너무 작아."

"우리 집은 창도 없어!"

"왜 우리만 이렇게 힘든 일을 해야 하는 거야!"

"땅에서 살 때 나는 이런 일을 할 정도는 아니었다고!"

"내가 얼마나 많은 돈을 내고 왔는지 알아? 완전히 다른 삶을 살게 해준다며!"

나름대로 만족하며 살던 사람들마저 동조하기 시작했다. 더 높은 곳에 있는 사람들이 그저 탑승번호가 조금 더 빨랐기 때문이라고 생각하게 되었다. 차라리 모든 걸 다 엎고 다시 추첨하길 원했다. 이 안에 있는 사람들끼리 공정하게.

"거기선 창이 큰 집에 살았습니까?"

"거기선 지금보다 많이 벌었습니까?"

"거기선 맘 편히 누울 집 한 채 있기나 했습니까?"

"거기선 부자로 살았습니까?"

"당신들은 땅에서 살 때보다 더 나은 삶을 살고 있는 게 아니었습니까?"

사람들이 분노하면 배 안에서 가장 많은 것을 누리며 사는 사람이 마이크를 잡고 물었다.

"그러면 당신들은! 당신들은 어땠는데!"

여전히 분이 풀리지 않은 어떤 자가 따져 물었다.

"우리는 이 배를 만드느라 가진 것 전부를 투자하였습니다. 이곳에서의 삶은 땅 위에서의 삶과 비교할 수 없을 만큼 초라해졌습니다. 주거 공간은 좁아졌고 소득도 줄었습니다. 왜냐…. 한정적인 공간을 나누어 쓰기 위해서. 굳이 없어도 됐을 당신들을 살리느라. 당신들은 이 배의 건설에 어떤 기여를 하였습니까?"

이런 게 그들이 말하는 공평함이었다. 그들에게 세상은 너무도 공평했다. 잃은 게 많아서 더 가질 수 있었다. 잃은 게 없는 자들은 운이 좋아서 거저 얻은 것뿐이다. 하지만 모두가 말귀를 알아들을 수는 없는 법. 어디에나 주제 파악 못하는 인간들이 존재하니까.

"거긴 거기고, 여긴 여기야! 처음부터 다시 시작해! 다시 시작하자고!"

몇 척의 배에서 큰 반란이 일어났다. 그들은 거칠었다. 먼저 창이 작은 방을 다닥다닥 붙여놓은 구역부터 부수기 시작했다. 허무하게 파괴될 구역은 접근하기도 쉬웠다. 반란을 일으킨 사람들의 편에 서는 사람들의 숫자가 늘어났다. 집이 부서졌으니 새집을 내놓으라고 시위했다. 사람들의 눈에 고상하게 앉아있는 그들이 우습게 보였다. 힘으로 몰아붙이면 내몰 수 있을 것 같았다. 그들은 그들의 구역에 군인과 경찰을 배치했다. 개인적으로 보안요원을 고용하기도 했다. 대응은 그것이 전부였다. 그들은 아랑곳하지 않고 삶을 이어 나갔다. 사람들은 집을 잃었다. 깨진 창문으로 비바람이 몰아쳤고 천장이 무너져 내린 집도 있었고 옆집과의 경계가 아예 사라져버리기도 했다. 사람들은 그나마 멀쩡한 집에 모여들거나 길에서 오들오들 떨어야 했다.

"우리만 당할 순 없잖아!"

반란을 선동했던 무리가 다시 일어섰다. 달리 방법이 없었던 사람들이 슬금슬금 선동그룹을 따라나섰다. 그들은 무너져 내린 집안 기둥의 파편을 들고 찾아가 경찰과 군인과 사설 보안요원을 향해 던졌다. 경찰 하나가 쓰러졌다. 사람들이 승리의 함성을 질렀다. 겁에 질린 경찰들이 줄행랑을 칠 줄 알았기 때문이다.

"선제공격하였으므로 어쩔 수 없이 대응을 시작하겠습니다."

군인들은 기다렸다는 듯 공격을 시작했다. 사람들이 다치고 죽었지만, 의사들은 군인과 경찰들이 보호하고 있는 구역 안에 거주했으므로 아무런 도움도 줄 수 없었다. 사람들은 집을 잃고 건강을 잃고 직업을 잃고 자존심을 잃고 목숨을 잃었다. 인구의 감소는 배의 미래를 위해 절실히 필요한 일이기도 했다. 얻은 게 하나도 없었던 싸움이었다. 만신창이가 되어 자포자기 상태인 사람들에게 그들이 손을 내밀었다.

"그러게, 왜 그러셨습니까."

사람들은 대꾸하지 않았다.

"십시일반 모아 당신들이 살았던 곳들을 수리해주려 합니다."

사람들이 고개를 들었다.

"저희가 베푸는 호의를 받아들이겠습니까?"

사람들은 슬그머니 고개를 끄덕였다.

"조건이 있다는 것도 아시겠지요?"

사람들이 무릎을 꿇었다. 완전한 복종이었다.

원래부터 자재를 많이 사용하지 않았던 집들이라 다시 고쳐 올리는데 그다지 많은 시간과 돈이 들지 않았다. 그들은 엄청난 인심을 쓰듯 사람들이 내다 버린 일자리에 다시 일할 수 있게 해주었다. 사람들은 군소리 없이 제자리로 돌아갔다.

시간이 흘렀다.

세대가 교체될 즈음 또다시 반란이 일어났다. 배에서 태어나 바다 위에서 자란 사람들이었다. 사람들은 자신들의 것을 파괴하는 어리석은 행동을 또 반복했고 다시 한번 굴복이라는 처참한 결과를 맛봐야 했다.

역사는 반복된다.

한 번도 땅을 본 적이 없는 사람들만이 존재하는 시대가 왔고 그때에도 변함없이 반란은 일어났다. 다만 시간이 흐를수록 반란의 규모는 작아졌다. 반란을 지켜보는 처지인 사람들은 저 시위의 의중이 궁금해졌다. 돈을 달라는 건가? 좀 많이 가졌다고 무조건 나누어야 하나? 누구는 하늘에서 돈이 뚝뚝 떨어지는 줄 아는가? 다들 열심히 일한다. 그들이 못하는 일을 할 수 있는 대가로 더 많은 돈을 벌고 있을 뿐이다. 그러게, 왜 진작 더 많이 배우지 않았는지. 더 오랜 시간 일하지 않은 건지. 다 게을러서 그렇다. 공부는 하기 싫고 일도 하기 싫은데 더 많이 가지고 싶어서.

과분한 재산을 물려받긴 했다. 한 번도 부족함을 느껴본 적이 없다. 출발선이 다르다고 말해도 할 말이 없다. 그런데 그게 그들에게 비판받을 일인가? 모두가 같은 출발선상에 있어야 하는 게 그들이 말하는 공평함인가? 반복되는 역사를 이쯤에서 멈추어야 했다. 저들을 힘들이지 않고 굴복시키는 방법을 찾아야만 했다.

맹목적으로 믿고 따를 수 있는 종교인이 그들이 찾은 해답이었다. 정치가들은 언제고 민심을 얻고 잃을 수 있지만 종교적 지도자에게 뿌리내린 믿음은 결단코 흔들리는 법이 없으니까. 바다에서 만물을 보살피는 용왕이라는 땅이 있던 시절부터 내려온 아주 오래된 전설이 있다. 용왕을 전설이 아니라 전능한 신으로 바꾸기로 했다. 바다 위에서 살아가는 사람들에게 이보다 완벽한 종교는 없어 보였다. 종교적 지도자가 필요했다. 용왕의 선택을 받고 용왕의 목소리를 들으며 용왕의 말씀을 전하는 이를 왕부라고 부르기로 했다. 용왕과 왕부라는 가상의 존재를 실재한다고 믿게 만들면서부터 반란이 일어나기 쉬운 배에서의 생활이 통제 가능해졌다. 땅에서 살던 시절의 여러 종교를 참고했다.

주어진 것에 감사하고 남의 것을 탐하지 말라.

현생은 과거의 자신이 만든 것이고 후생은 현생의 자신이 만드는 것이다.

왕부는 곧 용왕이니 그의 말에 복종하라.

….

….

책 한 권 분량의 말씀 집을 만들었다. 마치 땅이 있던 시절부터 존재했던 것처럼 꾸며서. 모든 말씀은 하나로 통했다. 왕부에게 복종하고 현재의 삶에 만족하고 감사하라. 그리하면 다음 생엔 좀 더 나은 삶을 살아가게 될 것이다. 바다 위의 삶이란 불안을 늘 떠안고 살아가야 함을 뜻한다. 배가 아무리 크고 견고해도 집어삼킬 듯한 높은 파도와 하늘에 구멍이 난 것처럼 쏟아지는 장대비와 휘몰아치는 강풍이 배를 뒤집어버릴지도 모른다는 불안함이 사람들에게 의지할 곳이 필요했다. 게다가 현실의 삶이 불만족스럽고 어떻게 해도 바뀌지 않을 거라는 체념으로 무기력해진 사람들에게 희망을 심어주기에 딱 좋았다. 타깃이 적중한 것이다.

사람들은 왕부의 존재에 열광했고 그의 말을 맹목적으로 믿었다.

왕부는 최하위의 삶을 연명하는 사람 중에서 뽑아왔다. 그들은 한 번도 자기 것을 제대로 가져본 적 없는 사람들이다. 작은 것에도 크게 충성심을 발휘하기 좋다. 또다시 그곳으로 버려질까 두려워한다.

왕부란 존재를 만든 사람들은 왕부를 손바닥 위에 올려두고 주무른다. 왕부의 존재가 그들이 가진 것을 지키는 데에 유용하게 쓰이니까. 더 많은 것을 가지게 할 수 있고 가진 것을 자신들의 자손에게만 물려주어도 무방하니까. 그것이 돈이든 집이든 직업이든 권력이든 명예든 상관없이 그들은 가진 것을 하나도 내어놓지 않기로 작정했다.

그들끼리 암묵적으로 입을 맞춤으로써 인간을 계급 지어 나누어버린 것이다. 열렬히 용왕을 모실수록 더 잘사는 것처럼 비추어진다. 고위직들과 부유층들은 용왕의 보살핌 덕이라고 버릇처럼 말하고 다닌다. 그들을 최상위의 삶으로 태어나게 해주신 분이 용왕이라고 왕부도 말을 한다. 악순환의 고리였다. 용왕을 열렬히 믿을수록 더 나은 삶을 살기 위한 노력을 하지 않게 된다. 욕심내지 않으니까. 이번 삶은 포기하고 다시 찾아올 삶을 고대한다.

왕부가 왕부의 역할을 잘 수행해주기만 한다면 왕부는 그가 원하는 모든 것을 가질 수 있다. 선을 넘어오지만 않으면 말이다. 사람들이 고개를 숙이고 떠받들어주는 걸 당연시하되 왕부도 고개 숙여야 하는 사람들이 있다는 걸 잊으면 안 되었다. 왕부를 그 자리에 올려놓아 준 사람들 말이다. 자신들이 배의 주인이라 여기는 사람들 말이다. 가진 것을 더욱 견고하게 지키기 위해선 사람 사이에 분명한 계급이 존재해야 하지만 그건 너무 야만스러운 일이며 노골적으로 보였다. 그래서 그들은 사립학교를 세우기로 했다.

아무도 불만을 품지 않는 것처럼 보였다. 불만이 있더라도 감히 입 밖으로 낼 수가 없었다. 자신을 스스로 다스려야 했다. 이번 생은 글렀지만, 다음 생엔 수호그룹의 멤버로 태어나자고. 빈부의 격차는 늘어나지도 줄어들지도 않았다. 사람들이 제자리를 지키면서 살아가니까. 재력가들과 권력자들이 원하는 대로 체제가 정착되어갔다. 그들에게 믿음은 곧 안정이었다. 가진 것을 지킬 수 있는 게 믿음이었다. 누군가가 더 많이 가지면 누군가는 덜 가져야 하고 누군가가 권력을 가지면 누군가는 따라야 하는 것. 세상이 공평하다고 하는 건 이런 이유에서다. 그것이 진정한 공평이다.

한 가지 더.

누리는 자들에게 바다 위에서의 삶이 썩 나쁘지 않았다. 어차피 돌아갈 땅도 없고 땅 같은 거 본 적도 없다. 그들을 두렵게 하는 건 변화이다. 배 위에서 살게 되지 않아도 되는 날이 닥치는 것. 그래서 그들은 사람들이 만들어내는 온갖 쓰레기와 폐수와 오물을 몰래 바다에 갖다버리기로 했다. 지구가 이렇게 된 건 사람들이 무차별적으로 지구를 괴롭혔기 때문이라고 했다. 사람들에겐 쓰레기와 폐수와 오물들을 가지고 가는 배가 정기적으로 방문하여 수거해간다고 말해두었지만, 사실은 폭풍우가 내리치는 밤마다 그리고 외출이 금지된 밤마다 바다에다 내다 버린다.

바다를 괴롭힐 수 있는 일이라면 뭐든지 하기로 했다. 그들이 사는 동안 이 삶의 체제를 유지하기 위해서. 그리고 그들의 자손들에게 평안하고 안정되며 여유로운 삶을 계속 물려주기 위해서. 이것이 19척의 배가 땅이 사라진 지구에서 오래도록 버텨올 수 있었던 비결이다.

11.

왕부는 본부 제1동 옥상에서 발견되었다. 새벽녘 성전에서 청소로 하루를 시작했던 이작이 좀 더 빨리 왕부의 침실에 들렀다면 상황이 바뀌었을까. 응급실로 옮겨진 왕부의 맥박은 희미했다.

"준비를 하는 게 좋겠군요."

의사는 별다른 조처를 해주지 않은 채 어디론가 숨 가쁘게 연락을 취했다. 해천제 당일이라 응급실은 텅 비어있었다. 이작은 응급실의 이불을 몽땅 모아와 왕부의 몸을 덮었다. 차갑게 얼어버린 몸을 녹여주면 곧 정신이 돌아올 것 같았다. 이렇게 허무하게 끝나버리는 걸까. 왕부가 이루고자 했던 세상은 영영 오지 못하는 걸까. 이작은 용왕이 원망스러웠다.

"너무합니다. 정말로 너무하십니다."

이작은 왕부의 곁에 앉았다. 왕부의 소식이 제자들에게 전해지지 않았는지 아무도 왕부에게 달려오지 않았다. 왕부가 없었다면 지금까지 살아있을지 장담도 할 수 없었을 것들이 무례를 저지른다. 왕부의 코끝에서 얕은 숨결이 느껴졌다. 제발. 제발. 이렇게 보내드릴 순 없다. 왕부의 끝이 너무 초라해서 가슴이 아팠다. 떠나보내야 하는 거겠지. 이렇게 한 시절이 끝이 나는 거겠지. 하얗게 질려있던 왕부의 낯빛이 거뭇거뭇 변해갔다.

이작은 혼란스러웠다. 왕부가 떠나는 게 슬픈 것보다 왕부가 떠난 후 변화될 자기 삶을 장담할 수 없다는 두려움이 더 컸다 어째서 이런 순간에 앞날 따위를 걱정하고 있는 건지, 스스로가 실망스러워 견딜 수 없었다. 그저 안락한 삶을 제공해줄 사람이 필요했을 뿐이었을까. 꼭 왕부가 아니어도 상관없었던 걸까.

"형…"

뒤늦게 왕부를 찾아온 이슬이 떨리는 목소리로 이작에게 다가왔다.

"왕부님이, 얼마 못 사실 거 같다."

"형. 새 왕부 소식 들었어?"

"알고 싶지 않다. 우리랑 무슨 상관이라고."

"새 왕부의 제자들이 왕부님의 물건을 다 버리고 있어. 우리

숙소도 다 비워 달래. 새 왕부는 우리를 제자로 삼지 않을 건가 봐. 우린 어떻게 되는 거야? 다시 옛날로 돌아가는 거야?"

"우리 탓이야. 왕부님을 잘 보필하지 못한 죄를 돌려받는 거야."

"형!"

이작은 왕부의 몸 위에 손을 올렸다. 간절히 기도를 올리면 상황이 조금이라도 변할까. 왕부가 원하는 건 뭘까. 육체의 고통에서 완전히 벗어나는 것일지 세상에 조금 더 머무르며 목표했던 일을 지속하는 것일지. 솔직히 왕부의 마음 따위는 중요하지 않았다. 아직은 왕부를 보낼 수 없다. 그 누굴 위해서가 아니라 이작과 이슬, 두 형제를 위해서. 지옥 같던 37 주거 단지촌으로 돌아가지 않기 위해서.

"형. 그 얘기 들어봤지?"

"또 무슨 얘기."

"아기."

"무슨 얘기가 하고 싶은 거야."

"있잖아. 수호그룹 그 사람들. 건강을 위해선 뭐든 한다는 거."

"그게 왜."

이슬이 주위를 두리번거리며 가까이 다가왔다.

"막 태어난 아기가 있으면 된다잖아."

"아기?"

"새벽에 성전에 나오다 간혹 봤어. 담요에 싸인 아기를 주고받는 사람들."

"그게 뭐 어쨌단 거야."

"신생아의 피를 마신댔어."

"뭐?"

"다 알고 있으면서 웬 시치미야?"

"헛소리 좀 하지 마."

"이대로 손 놓고 있을 작정인 거야? 왕부님이 죽도록 내버려 둘 거냐고!"

"소리 낮춰."

속삭이듯 이작은 심장이 떨려 견딜 수 없었다. 이슬이 전해준 이야기가 충격적이어서가 아니었다. 어떻게 알고 있는 걸까. 얼마나 많은 사람 입으로 암암리에 퍼진 걸까.

"너 그거 어디서 들었어."

"형. 내가 할게. 형은 왕부님이나 지키고 있어. 내가 최대한 빨리 아기를 구해올게. 왕부님을 살릴 수 있을지 몰라. 다들 그렇게 한다잖아. 왕부님의 건강만 돌아온다면 우리도 여기 계속 있어도 될 거야. 우리 삶은 아무것도 변하지 않을 거라고."

"말이 되는 소리를 해."

"말이 왜 안 된다는 거지? 거기 사람들, 윗대가리 말이야. 다 그러고 산다며. 죽기 싫어서 뭐든 한다며."

"죽고 싶은 거야? 입 다물어."

"형. 내가 한다고. 형은 가만히 있어도 돼."

"안 돼."

"누가 형 때문에 이러는 줄 알아? 우리 다 살아야 할 거 아니야. 이대로 쫓겨나면 어디 갈 데는 있어? 37 주거 단지촌에서 우리를 받아줄 것 같아? 난 내 살길을 찾아서 움직이는 것뿐이야. 허락 따윈 필요 없어."

왕부를 노려보는 이슬의 얼굴에서 존경심이라곤 찾아볼 수 없었다. 원망을 이해하지 못하는 건 아니다. 끝까지 자리를 보전하지 못하고 일찍 세상을 뜨는 것이 무책임했고 몸이 저 지경인 걸 알면서도 제자들의 미래를 전혀 준비해두지 않았다.

"아기를 어디서 구한단 말이야. 그것도 갓 태어난 아기를."

"찾으면 다 나와."

"세상 물정 모르는 소리 좀 그만해."

"형이나 고상한 척 그만하라고. 정말 몰라서 그러는 거야 알면서도 모르는 척하는 거야."

"너한테 누가 아기를 덥석 내어준다고."

"애들은 널렸어. 왜 국립학교 정원이 줄지를 않는 건데. 아무리 금지하고 제한시켜도 애들은 계속 태어난다고. 학교에

다니지도 못하는 애들이 더 많아. 다 알잖아. 그런 게 통제한
다고 되는 일인지. 통제가 가능한 인간들이면 우리도 애초에
태어날 일 없었어."

"그딴 식으로 말하지 마. 다 듣고 계시니까."

"누가. 누가 듣는다는 건데."

"너 대체 왜 그래?"

"그 사람들과 같은 방법으로 아기를 구할 거야. 누군 되고
누군 안 되는 거 아니잖아. 들키지만 않으면 상관없는 거 아
니야? 자기들은 다 하면서 우리는 왜 안 돼?"

"다르니까. 그 사람들과 우리는 같지 않아."

"나도 알아. 하지만 왕부님은 그들과 같잖아. 그 정도 자격
은 되잖아."

이슬은 더 이상 주변을 의식하지 않았다. 목소리를 죽이지
않았다. 당당하게 병실을 나서는 이슬을 이작은 말릴 수 없었
다. 이슬의 말이 다 맞다. 어떻게 해서든 왕부를 살리고 싶다.
막막한 앞날을 스스로 지켜내야 한다. 이작은 눈물을 닦아내
고 왕부 옆에 앉았다. 죽을 때 죽더라도 뒤처리는 깔끔하게
해놓고 끝내란 말이야. 새 왕부에게 제자들을 맡기겠다고 했
던 약속은 지키고 죽으란 말이야. 그 정도는 해줄 수 있잖아.
벌 받게 될까. 다음 생은 지금보다 못하게 살게 될까. 더 떨어
질 나락이 존재하는 걸까. 37 주거 단지촌보다 못한 곳이 있

기는 한 걸까.

똑똑똑.

노크 소리에 벌떡 일어났다. 눈물을 훔쳐도 벌겋게 물든 눈동자를 가릴 순 없었다. 기척이 없어 문을 열었다. 뒤늦게 소식을 접한 제자들이 찾아왔을 줄 알았는데 낯선 얼굴이 문 앞에 서 있었다.

"저기."

"누구신지요."

"새 왕부님의 첫 번째 제자입니다."

"아. 숙소 문제라면 시간을 좀 주시지요. 보시다시피 지금 정리를 할 수 있는 상황이 아니라서."

이작은 몸을 틀어 병실의 내부가 훤히 보이도록 했다. 엉뚱한 곳으로 분노의 불꽃이 튀려고 했다. 잘 봐. 지금 내 모습이 당신의 미래일지도 몰라. 날 함부로 대하지 말라고. 극도로 정중한 새 왕부의 제자 앞에서 무례해지려는 자신이 수치스러웠지만 제어하기 어려웠다. 왕부는 아직 죽지 않았다. 멀쩡히 일어나 성전으로 걸어갈 수만 있다면. 이작은 아기를 구하러 나간 이슬이 서둘러 돌아오길 기다렸다. 왕부의 병세가 호전되면 제자리로 돌릴 수 있다. 그땐 새 왕부의 제자처럼 정중함의 옷을 입고 사람들을 대할 수 있을 것이다.

"이걸 전달하러 왔습니다. 왕부님의 침실에서 발견했는데 전부 소각하라고 명하셔서 제가 따로 몰래 챙겼습니다. 일기장인 것 같습니다. 함부로 처리하면 안 될 거라 판단했는데 잘한 짓인지는 모르겠습니다."

새 왕부의 제자가 누런 봉투를 내밀고는 죽은 듯 누운 왕부에게 고개를 숙여 보인 뒤 뒤돌아섰다. 저 사람은 어떻게 새 왕부의 제자로 간택되었을까. 이작의 인생은 왕부를 만나고 완전히 달라졌다. 다른 제자들의 삶이라고 다를 것 없었다. 왕부의 제자로 삼을 사람은 배고프고 가난한 구역에 널리고 널렸을 테니까.

새 왕부가 기존의 제자들을 거두어들이지 않으려는 이유를 알 것도 같다. 너무 많은 걸 알아버린 기존 제자들을 다루기 어렵다고 판단했을 것이다. 순순히 자리에서 내려오는 게 맞는 걸까. 오랜 시절 왕부의 시중을 들며 살아온 제자들에겐 왜 아무런 보상이 주어지지 않는 걸까. 왕부의 밑에 있는 동안 누렸던 풍족함을 지속할 순 없는 걸까.

이작의 마음에 불순의 싹이 자라고 있었다. 왕부에게 충성해온 지난 시간에 용왕을 향한 믿음이 있었나 돌아보게 되었다. 하루에도 수십 번 불렀던 그 이름이 허상은 아니었는지. 그저 밥줄인 왕부가 믿으라 외치니 믿는다고 답했던 건 아니었는지. 왕부의 명이 다하는 이 순간 살려달라고 기도해야 마땅한데 왜 가만히 앉아만 있는 건지. 믿지 않으니까. 믿음이 사라진 지 오래니까.

이작은 왕부의 머리맡에 앉아 누런 봉투를 뜯었다. 서너 번 접힌 입구에 허술하게 붙은 테이프는 이미 제 기능을 상실한 듯 보였다. 새 왕부의 제자가 뜯어보지 않았을 거라 장담할 수 없었다. 왕부가 일기를 썼던가. 그랬을지도 모르겠다. 어디에도 속 시원히 털어놓지 못할 사연을 안고 살아온 삶이니까. 왕부에 관해서라면 모르는 것이 없다 자부하지만, 이 봉투 속에 담긴 이야기를 보는 것이 두렵기도 했다.

왕부는 어땠을까. 밤낮으로 용왕을 부르짖던 왕부의 목소리에 거짓은 없었을까. 이작이 미처 알아내지 못한 진실을 왕부라면 속속들이 알고 있을 터였다. 막 태어난 아기에 관한 것처럼. 왕부는 왜 그렇게 수호그룹의 실세들에게 꼼짝 못 하고 살았을까. 수호그룹이 뭔데. 용왕보다 더 대단한 것처럼 굽실거리냐는 말이다. 이작의 믿음이 사라진 것과 실세들의 군림이 연관 없는 건 아니었다.

신 따위는 없을지도 모른다. 사람들더러 왕부의 말에 복종하라 지시하면서 저들은 왕부를 입맛대로 주무르고 있으니까. 멋대로 지껄여서 벌 받겠지. 더 나은 다음 생은 기대할 수 없게 된 거겠지. 괜찮다. 신은 없을지도 모르니까. 신은 없어야만 한다. 이런 세상을 가만히 두고만 보는 신이 미운 게 아니었다. 구렁텅이에 빠지려는 자신을 구해주지 않는 신을 용서할 수 없었다. 이작은 눈앞에 닥친 시련에 분이 넘치게 누려왔던 나날을 잊어버렸다. 어떤 식으로든 왕부가 살아난다면 신에게 충성하겠다 다짐했다. 어렵게 손에 쥐게 된 것을 절대 놓치고 싶지 않았다.

봉투에는 낡고 닳은 성서가 들어있었다. 왕부가 들고 다니던 성서는 아니었다. 책장을 펼치자 갈겨쓴 글씨가 적힌 종이가 중간중간 끼어 있었다. 종이 한 장을 꺼내 알아보기 힘든 글씨를 천천히 읽어 내려갔다. 왕부는 끊임없이 용왕을 부르고 있었다.

신을 만나고 싶다.

신을 만나고 싶다.

신을 만나고 싶다.

반복적으로 적힌 문장에서 왕부의 간절함이 느껴졌다. 이십년이다. 이십 년간 신을 찾았고 아직 만나지 못한 것이다. 사람들에게 용왕의 뜻이라 전한 말은 다 무엇이었을까. 왕부를 떠올릴 때면 자연스레 따라오던 얼굴들이 있었다. 증오와 감사, 양가적 감정이 휘몰아친다. 실상 이작과 이슬 형제를 구원해준 건 왕부도 용왕도 아닌 그들일지도 모를 일이다. 감사의 대상에서 자발적으로 물러선 이면의 사연에 집중하고 싶지 않았지만 왕부가 일어서지 못하게 된다면 덮어두었던 비밀을 밝혀야 할지도 모르겠다.

　어디선가 아기의 울음소리가 들리는 듯하다. 이슬이 벌써 돌아왔을까. 아기를 산 채로 데리고 오는 건 아니겠지. 이작은 손에 피를 묻히고 싶지 않았다. 어디서 데려온 아이일지 눈에 선하다. 어쩌면 그 아이는 어린 시절의 이작이었을지도 모른다. 탄생이 죄가 되는 아기. 삶이 축복될 수 없는 아이. 신이 외면한 사람 말이다.

12.

항해를 마친 다마논드호는 고요한 바다 한가운데 멈추어 섰다. 다음 해천제가 있기까지 이곳에 머무를 예정이지만 불식간에 찾아오는 풍파가 다마논드호를 어디로 흘려보낼지는 알수 없는 일이었다.

밤새 수고한 항해사를 집으로 돌려보내고 선장 보리스는 홀로 조타실에 남았다. 피곤함에 절여진 무거운 몸을 의자에 누이자 말할 수 없는 개운함에 가슴이 벅차올랐다. 조심스럽게 붉어지는 하늘을 지켜보며 맥주를 벌컥 들이켰다. 매일 이 짓을 하라면 할 수 있을까. 보리스는 풋 웃음을 터트렸다. 젊은 날의 패기가 어리석다가도 문득 그리워진다. 아무 일 없을 게 당연한 조타실을 관리만 하는데도 넉넉한 삶을 보장받는 이 직업에 불만을 품을 때가 있었다니. 일의 보람을 잊은 지 오래지만, 주기적으로 밤샘 항해를 하는 날이 기다려지기도 한다. 그 주기가 너무 잦았다면 이렇게까지 설레지도 않았을 테다.

오늘이 지나면 다마논드호의 큰 축이 바뀐다. 축? 웃기지. 왕부 역시 해천제가 아니면 빈껍데기 신세인 걸 모르지 않는데. 새 왕부는 젊다. 선장이 죽을 때까지 왕부가 바뀔 일은 없을 것이라 해도 당분간 수호그룹 내의 실세들은 긴장을 놓지 못할 것이다. 새 왕부가 될 사람을 찾아내어 교육하는 것만 해도 보통 힘이 드는 것이 아닌데 왕부의 자리에 잘 적응하리란 보장이 없으니까. 그 어떤 교육보다 빠르고 정확한 것은 권력의 맛에 중독 시키는 것이다. 이제껏 믿어온 모든 것이 거짓이었다는 걸 알게 된 왕부가 받게 될 충격은 완전히 뒤바뀐 생활환경으로 보상받기에 충분하다. 지금껏 실패한 적 없다. 단 한 명의 왕부도 손에 쥐게 된 것들을 놓아버리면서까지 진실을 밝히려 한 적이 없었으니까. 삶은 고요한 바다 같은 상태라야 좋다. 변화는 너무 극단적이다. 똑같이 반복되는 하루가 얼마나 감사한지.

"선장님."

누굴까. 문밖에서 나지막한 목소리가 평온한 새벽을 방해했다. 항해사는 아니었다. 지금쯤 암막 커튼이 처진 방에서 단잠에 빠져있을 것이다.

"접니다. 마요."

해천제 시작을 알리는 소리가 들리기 전까지 밖으로의 외출이 금지되어있다. 무슨 이유에서 위험을 감수하고 여기까지 찾아온 건지 궁금했지만 당장은 이 평화를 깨부수고 싶지 않았다.

"상의드릴 것이 있습니다. 중요한 일이에요."

눈꺼풀이 무거웠다. 문밖에서 들리는 소리를 무시하자 다짐하며 눈을 감았다. 밤을 새우고 마신 맥주 덕에 취기가 오르는 것도 같았다.

"선장님."

마요를 처음 봤던 그날이 떠올랐다. 음식쓰레기를 입에 쑤셔 넣던 어린 마요가 얼마나 가슴에 걸렸던가. 마요가 아니었다면 선장직을 버리고 다마논드호를 떠났을지도 모른다. 마요처럼 쓰레기가 아니면 먹을 것이라곤 가질 수 없는 삶을 살았을지도 모르고. 쓰레기를 주워 먹는 것으로도 모자라 감사하다고 말하는 어린 마요의 얼굴이 지금도 불쑥불쑥 찾아와 마음을 흔들었다. 무거운 몸을 일으켰다. 마요도 이젠 삼십 대가 되었을 텐데 어린 마요를 만난 날의 충격이 아직 잊히지 않는 이유는 무엇일까.

"무슨 일이냐."

참으로 오랜만에 마요를 만났다. 미간의 짙은 주름이 나이

보다 훨씬 더 들어 보이게 했다. 아직도 삶이 녹록지 않은 걸까. 뇌리에 박힌 마요를 위해 가능한 많은 것을 지원해주었다. 골치 아픈 일을 떠넘기긴 했지만, 그 일을 핑계로 돈도 주고 직업도 바꿔주었다. 사립학교 기숙사 관리인은 마요의 입장에선 감히 넘볼 수도 없는 일이었다. 그런데 왜 아직도 저런 얼굴을 하고 있는 걸까. 음식쓰레기에도 만족하던 아이였는데.

"저 좀 도와주십시오."

마요가 선장의 손을 덥석 잡고 늘어졌다.

"앉아서 얘기하지."

마요를 소파에 앉히고 손바닥을 바지에 문질렀다. 음식쓰레기를 주워대던 그날처럼 손이 지저분하지 않다는 걸 아는데도 당장에 솔로 벅벅 문질러 씻어내고 싶을 만큼 불쾌했다.

"죄송해요. 함부로 찾아와선 안 되는 거 다 아는데."

"용건만 말해보아라."

마요와 더는 얽히고 싶지 않아 번듯한 직장까지 알아봐 준 것인데. 잊을만하면 찾아와 도움을 청하는 태도에 화가 치밀었다.

"아이가 나올 것 같습니다."

아이란 말에 가슴이 덜컥 내려앉았다. 마음의 빚이 보리스를 쫓아다녔다. 실상 그 아이에게 죄책감을 느낄 사람은 따로 있는데도 그랬다. 마요에게 하듯 그 아이에게도 최선을 다했다. 마요에게 매달 지급했던 돈은 사실 가모산의 주머니에서 나온 것이었다. 사립학교에 입학시킨 것도 가모산에게 집요하게 요구해서 얻은 결과였다. 선장 따위가 무슨 힘이 있다고 그런 일을 독단적으로 행했겠나. 그 아이는 사립학교에 입학할 자격을 가지고 태어났다. 거부할 땐 특별장학생이 될 수밖에 없는 이유를 세상에 공개하겠다고 말한 것뿐인데 일은 일사천리로 진행되었다. 사립학교에 입학시킨 것으로 죄책감을 모조리 덜어냈다고 생각했다. 그 아이에게 또 무슨 일이 생긴 걸까.

"조심한다고 했는데 덜컥 임신이 됐어요."

마요가 눈시울을 붉히고 보리스의 손을 다시 덥석 잡았다. 얼마나 간절한지 선장의 힘으로는 손을 빼어낼 수가 없었다.

"어쩌자고!"

"죄송합니다."

"더 이상 날 찾아오지 말게. 우리 연은 여기까지인 것 같군."

"한 번만 더 도와주세요. 네?"

"법을 어기면서까지 자네를 도와줄 순 없어."

"아무것도 바라지 않을게요. 그냥 같이 살 수 있게만 해주세요."

"난 이미 자네를 위해서 많은 일을 했네."

"아니요. 산도를 위한 일이었지요."

"그 덕에 자네도 더는 굶지 않게 되지 않았나."

"마지막이에요. 아기를 뺏기지 않게만 해주세요."

"난 힘이 없어."

"선장님이시잖아요!"

"내쫓기기 전에 스스로 나가게."

마요는 이성을 잃고 선장의 멱살을 잡아챘다. 온몸으로 짓이기듯 밀어붙인 탓에 보리스는 제대로 숨쉬기가 어려웠다.

"내가 왜 이러는지 당신은 알잖아. 당신들은 다 알고 있잖아! 수지가 배를 만질 때마다 웃고 있어. 그 아기의 미래가 어떤지도 모르고. 태어나게만 해주면 우리보다 좋은 부모에게로 입양 보내어질 거라고 믿고 있다고. 아무것도 몰랐다면 나도 그렇게 믿었을 거야. 헤어져야만 하는 현실이 쓰라리긴 할 테지만 빛도 보지 못한 아기를 뱃속에서 죽이는 것보단 훨씬 나을 테니까. 니들이 그랬잖아. 좋은 곳으로 보낼 거라고. 우리 배보다 형편이 나은 곳에서 아기를 기다리고 있다고. 그거 싹다 거짓말이잖아!"

"진정하게, 진정."

얼굴이 터질 듯 붉어진 보리스가 마요의 등을 두드리며 사정했다. 마요가 황급히 손을 떼며 보리스를 일으켜 세웠다.

"죄송합니다."

보리스가 캑캑거리며 거친 숨을 몰아쉬었다. 마요는 어쩔 줄 몰라 하며 선반에 놓인 컵을 선장 앞에 갖다 댔다. 보리스는 구겨진 얼굴로 남은 맥주를 벌컥 들이마셨다.

"자네를 처음 만난 날이 아직도 생생해. 음식쓰레기를 훔쳐다 먹고 있었지. 산도가 아니었다면 자네의 삶은 그때와 하나도 변하지 못했을 거야. 아기를 생각해봐. 아기에게 그 삶을 물려줄 셈인가."

"저 이제 돈 벌어요. 아껴 쓰면 아기를 굶기진 않을 수 있을 거예요. 다시 그 쓰레기를 먹어야 한다 해도 상관없어요. 아기를 위해서라면 뭐든 할 수 있으니까."

"부족해. 자네가 버는 돈으로는 아기의 허기를 충분히 채우지 못할 거라고. 그럼 다시 나를 찾아오겠지. 도와달라고 사정하겠지. 아기를 낳기로 한 결심을 후회하게 될지도 몰라."

"상관없다니까요! 그냥 살려만 달라고요. 살려만! 산도는 살려줬잖아요! 그 기회를 우리 아기에게도 똑같이 달라는 것뿐이잖아요!"

"자네 같은 사람들은 결코 감사할 줄 모를 거라고 아버지가 말씀하셨지. 바라는 게 점점 많아질 거고 나의 온정을 당연하다고 여길 거라고. 내 선택을 후회하게 만들 셈인가. 웬 억지를 이렇게나 부리나. 이미 분에 넘치게 받았다고 생각하지 않나. 자네는 나를 이렇게 멋대로 찾아와도 되는 사람이라고 생각하는 건가."

"마지막이에요. 다시는 찾아오지 않을게요."

"늘 마지막이라고 했지. 돈이 떨어질 때마다 날 찾아왔어. 산도를 생각하며 참은 거야. 자네가 그 아일 거두어 준 선한 마음을 해치고 싶지 않았으니까. 어떤 선택을 했을 땐 책임을 져야 한다는 걸 자네는 여전히 모르는 것 같아. 그저 아기가 예쁘고 가여웠던 거야. 자신의 처지도 고려하지 않고 말이야. 내가 부탁도 하기 전에 선뜻 아기를 키우겠다 하지 않았나. 그런데 자넨 아기를 위해 뭘 했나. 나에게 구걸하는 것 말고 한 것이 있나."

"저따위가 뭘 할 수 있겠어요."

"자네가 얼마나 무책임한지 알겠나. 감당할 수 없으면서 욕심을 부린 거야. 왜 책임도 못 질 일을 자꾸 저지르고 뒤치다꺼리는 남에게 다 떠넘기나."

"감사하게 생각하고 있다고요. 하지만 다 해주셨잖아요. 산도는 그날 죽은 거나 다름없었어요. 선장님도 산도가 살길 바라셨잖아요. 그러니까 제가 산도를 데리고 갈 수 있게 도와주신 거잖아요."

"그땐 우리 둘 다 너무 어렸어. 세상이 돌아가는 방식을 이해하기엔 너무 어렸지."

"제 아이도 도와주실 순 없나요. 일도 아니시잖아요. 저 같은 놈한텐 아무도 관심 없을 거예요. 아니, 살려만 주시면 절대 다시 찾아오는 일 없을 거라고 맹세할게요. 정말이에요."

"자네가 그 아일 어떻게 책임진단 말이야!"

"그럼 어떡해요. 죽게 내버려 두란 말이에요? 죽이실 거잖아요. 다른 배로 입양 보내는 게 아니라 잔인하게 죽이실 거잖아요."

"나가게."

"그날 다 보셨잖아요. 산도가 어떻게 될 뻔했는지."

"난 몰라! 모르는 일이라고!"

하마터면 손에 들고 있던 유리컵으로 마요를 내리찢을 뻔했다. 이 자리에서 마요를 죽인데도 보리스의 신상엔 아무 변화가 일어나지 않을 것이다. 죽음마저 너무 사소한 인간에게 질질 끌려다니는 게 화가 났다. 그만큼 하찮은 인간과 비밀을 공유하고 있다는 것도 모르지 않았다. 결코 모를 수 없는 일이다.

이 모든 일이 마요와 얽히면서 벌어졌다. 모르고 살면 괜찮아질 일이었는데. 어디서 괴상한 얘길 들어도 설마 하며 넘길 수 있었는데. 세상이 돌아가는 방식은 보는 방향에 따라 평범하기도 이상해지기도 한다. 어느 편에 서서 세상을 볼 것인가는 선택할 수 있는 문제가 아니라서 비극이다. 태어나면서부터 자신이 설 곳이 정해져 있다. 보리스와 마요는 반대편에서 세상을 보는 사람이었고 평생 만날 일 없었어야 할 두 사람이 만나게 되면서 세상을 보는 관점이 달라졌다. 마요는 따뜻하고 여유로운 삶을 꿈꾸게 되었고 보리스는 마요 같은 사람들의 불운을 덜어주고 싶게 되었다.

"살려만 주세요. 살게만 해달라고요."

"난 힘이 없어. 누구라도 알게 되는 날엔 벌을 받을 거야."

"아무도 선장님을 건들지 못해요. 산도를 구하셨을 때도 괜찮았잖아요. 산도를 사립학교에 입학시키기까지 하셨잖아요. 그 온정을 제 아이에게도 베풀어주세요. 하실 수 있잖아요."

"바보 같군. 뭔가 큰 착각을 하고 있어. 자네 아기도 산도처럼 될 거 같다고 생각하나. 그래서 덜컥 임신한 건가. 자네의 자식은 절대 산도가 될 수 없어. 사람들이 눈감아주지도 않을 거라고. 왜인 줄 아나? 산도는 필라스템의 핏줄이고 네 아기는 너의 핏줄이니까. 달라. 다르다고."

마요는 한참을 먼동이 트는 창밖을 바라만 보았다. 해가 뜨는 걸 본 적이 있었나. 낯선 세계에 발을 들인 기분이었다. 머리 위에 늘 해가 있다는데 그 해는 한 번도 마요에게 내리쬔 적 없는 것 같았다. 마요의 어두운 보금자리는 차갑고 축축했다. 세상이 공평하지 않다는 건 알고 있었다. 가치 없는 사람은 그런 삶을 사는 게 당연하다고 생각했었다. 왜 마요가 사는 곳에는 창문이란 게 없는지 별로 궁금해하지 않았다. 이제는 좀 궁금해졌다. 왜 선장과 자기 삶에 이토록 큰 간극이 있을 수밖에 없는지. 곧 태어날 자신의 아기와 산도의 인생이 왜 달라야만 하는지. 자리에서 벌떡 일어난 마요는 인사도 없이 조타실을 떠났다. 깨끗하게 닦여진 유리창 너머에서 쏟아지는 햇볕에 감당할 수 없게 눈이 부셨다.

13.

다마논드호의 경제를 이끄는 가장 큰 기업은 필리스템이다. 배를 지을 당시에도 상당한 자금이 필리스템에서 나왔다. 필리스템은 땅이 존재했을 당시부터 명실상부한 재벌 가문으로 그 명맥을 이어오고 있었다. 필리스템 가문은 대대로 머리가 좋고 인물이 뛰어났다.

필리스템의 회장 가모산에게는 두 아들이 있었다. 그래니와 달비노. 세상만사를 다 가진 가모산에게도 하늘은 두 아들밖에 허락해주지 않았다. 그래니는 가모산을 똑 닮아 이성적이고 영리하며 욕심이 많았다. 그에 반해 달비노는 감성적이고 너그러우며 여유로운 성격을 가졌다.

그래니는 일찌감치 집안끼리 연을 맺은 배우자를 맞아들여 안정적인 가정을 꾸렸다. 가모산의 장남으로 필리스템의 회장직을 물려받겠다는 의지가 대단해서 열정적으로 일을 배워 나갔다. 달비노는 그래니가 필리스템을 물려받아 마땅하다고 생각했다. 다행인지 불행인지 승계 문제로 형제간에 피 터지는 싸움을 할 일은 없어 보였다.

가모산의 집에는 다섯 명의 가사도우미가 있었다. 그중 하나가 모란이었다. 모란은 열세 살이 되던 해부터 가모산의 집에서 일을 해왔다. 가사도우미 중에서도 서열이 낮았으므로 가장 더럽고 고된 일을 이십 년째 도맡아 해오고 있었다.

모란은 인생이 지겨웠다. 모란이 태어날 당시만 해도 출산제한정책이 시행되지 않았을 때였다. 모란은 종종 생각했다.

배가 사람으로 미어터지기 전에 미리미리 그 좋은 정책을 시행했어야지. 그럼 나 따위가 태어나는 일도 없었을 텐데. 필리스템 가문의 종으로 살다 종으로 죽겠지. 그런 인생에도 의미라는 게 있을까…

그날도 여느 날과 다름없이 음식물 쓰레기를 처리하고 변기를 닦으며 하루를 보내고 있었다. 그러다 문득 부엌 앞에서 물을 마시러 나온 달비노와 마주쳤다. 그런 일은 평소에도 자주 있었다. 학생일 때는 그나마 기숙사에 살기라도 했지, 학교를 졸업한 후론 아무 일도 하지 않고 온종일 집에서만 시간을 보냈다. 모란은 달비노를 세 살 때부터 봐왔다. 유모는 따로 있어서 달비노와 가까이 지내지는 않았지만 달비노의 성장과정을 가까이서 지켜봤다. 착각이었을까. 부엌 앞에서 마주쳤을 때 모란을 바라보는 달비노의 눈빛이 평소와 같지 않았다고 생각한 것은. 그 눈빛이 며칠 동안 모란의 머릿속에서 떠나지 않았다. 모란은 달비노를 경멸했다. 좋은 집 안에서 모자랄 것 하나 없이 태어났는데도 언제나 공허해 보였다. 모란의 눈에 달비노는 호강에 겨워 투정만 해대는 철 없는 인간 이상으로는 보이지 않았다. 이건 기회였다. 필리스템 가문에 달비노처럼 쓸모없는 인간이 탄생한 건 불쌍한 모란을 구원하기 위한 용왕님의 큰 뜻인 것이다. 그걸 이제야 깨닫다니.

생전 처음으로 출근하는 발걸음이 가벼웠다. 일하는 시간이 기다려졌다. 모란은 달비노를 이용해 인생을 역전시키기로 했다. 일부러 달비노와 자주 마주치게 했다. 그때마다 달비노의 눈동자가 모란을 끈덕지게 따라다니는 걸 확인했다. 일이 이렇게 풀린다면 모란의 계획을 실현하는 건 식은 죽 먹기였다. 모란도 노골적으로 달비노를 바라보기 시작했다. 둘은 자주 마주쳤고 서로를 깊이 쳐다보았다. 모란은 확신했다. 달비노가 모란에게 흠뻑 빠져있다는걸. 그걸 이제야 눈치 채다니. 더 일찍 알았으면 좋았을 텐데. 달비노의 눈에 모란이 들어온 지 오래되지 않았을지도 모르지만, 더 일찍 유혹했다면 더 빨리 넘어왔을 거다. 모란은 지금쯤 엎드려 걸레

질하고 있을 게 아니라 볕이 잘 드는 소파에 누워 낮잠을 자고 있었을지도 모른다. 모란은 달비노 혼자 있는 방으로 들어갔다. 달비노는 흠칫 놀랐지만 지금 해야 할 일이 무엇인지 정확히 알고 있었다. 모란은 자주 달비노를 찾아갔다. 모란이 찾아오지 않는 날엔 달비노가 모란을 데리러 왔다. 모란의 계획은 달비노와 결혼을 하는 것이었다. 그래니라면 모를까, 달비노는 어차피 이 가문에서 포기한 아들이니까 누구와 결혼해도 상관없을 거로 생각했다. 그 과정이 호락호락하진 않을 거란 걸 알고 있었다. 아기를 가지기로 했다. 임신한다고 해서 쉽게 허락하지 않으리란 것도 알고 있었다. 허락받지 않은 임신은 낙태해야 하는 게 다마논드호의 법이니까.

하지만 달비노가 모란을 죽을 만큼 사랑한다면….

그러면 얘기가 달라진다. 임신이 되는 것도 중요했지만 달비노가 모란에게 흠뻑 빠지게 만들어야 했다. 달비노가 고집을 부린다면 그의 부모도 어쩔 수 없이 허락할 것이다. 가문의 명예를 생각해서 달비노를 쫓아내지는 못할 것이다. 사랑이란 이름으로 둘의 결혼을 포장할 수 있을 테니까.

그렇게 기다리던 아기가 찾아왔다. 모란은 달비노에게 임신 사실을 알리지 않았다. 그가 원하는 게 모란의 몸인지 마음인지 확신이 들지 않았다. 임신했다는 걸 알게 되면 모란을 버릴지도 모른다. 달비노가 자연스럽게 모란의 배가 불러오는 걸 보게 만들어야겠다고 생각했다. 모든 행동엔 책임이 따르는 거고, 임신을 할 줄 모르고 저지른 일은 아닐 테니까.

활동량에 비해 음식 섭취량이 적어 그런지 배는 아주 천천히 불러왔다. 달비노가 모란의 임신을 눈치채는 데 꽤 오랜 시간이 걸렸지만 모란은 묵묵히 그 시간을 견뎠다.

"왜 말하지 않았어요. 내가 바라던 일이 이건데."

뜻밖에도 달비노가 눈물을 흘렸다. 달비노도 알고 있었다. 모란과 동등한 관계가 되는 일이 얼마나 어려울지. 둘을 이어줄 가능성이 가장 큰 일이 바로 아기를 가지는 것이었다. 달비노의 눈물에 모란의 가슴이 빨리 뛰었다. 달비노의 사랑에 감동해서가 아니었다. 머지않아 인생이 완전히 뒤바뀔 거라는 기대감이 가슴을 부풀게 했다.

"아기가 태어날 때까지 아무에게도 말하지 않았으면 좋겠어요."

모란이 달비노에게 부탁했다.

"왜요? 나랑 결혼하고 싶지 않은 거예요?"

"그게 아니라 회장님이 아기를 지우라고 말할 게 분명하니까요."

"내가 지킬게요. 내가 지켜요."

"회장님은 한다면 하시는 분이에요. 아기가 태어나면 마음이 바뀌실 거예요. 당신의 아들이 만든 아기이니까."

"그럴까요?"

모란은 위험을 최소한으로 줄이고 싶었다. 달비노는 힘이 없었다. 달비노의 의견은 중요하지 않을 터였다. 모란을 내쫓는 것으로 간단히 해결할 수 있는 일이니까. 하지만 아기가 태어나면 문제가 달라진다. 회장에겐 내쫓아야 할 사람이 하나에서 둘로 늘어난다. 둘을 내쫓는 일 역시 간단한 문제일지도 모르지만, 달비노를 앞세우면 될 거다.

아기가 태어나면 셋은 하나가 된다. 태어나지 않은 아기는 힘이 없지만 태어난 아기는 힘이 있으니까. 모란은 필리스템 가문의 아기를 가졌다는 사실에 뿌듯했다. 뱃속에 다마논드 호의 3대 기업 중 하나이자 최고재벌인 필리스템 가문의 피가 흐르는 아기가 있는 것이다. 숨기는 게 불가능할 만큼 배가 불러왔을 때 모란은 일을 그만두었다. 달비노가 생활비를 주기로 했다. 모란은 태교에 집중했다. 아기를 무사히 낳아 가모산 회장님과 사모님 앞으로 데려가야만 했다.

가모산은 애초에 더 많은 자식을 가지길 원했지만 그의 선에선 아들 둘로 끝이 났다. 가진 것을 지키기 위해선 영리한 자손을 많이 두는 편이 유리했다. 달비노의 형제 그래니의 가정에도 축복이 찾아와 출산을 앞두고 있었다. 달비노는 조용히 가정을 꾸릴 준비를 했다. 회사에 마땅한 자리를 하나 내어 달라고 요청했고 세 식구가 살만한 곳을 알아보고 다녔다. 자신이 포기한 대신 그래니가 모조리 누리고 있던 혜택을 되찾아올 심산이었다. 그러기 위해선 반드시 모란의 배에서 태어날 아기는 아들이어야만 했고 무엇보다 아버지의 인정이 우선이었다.

아기는 모란의 집에서 태어났다. 창문이 손바닥만 하고 둘이 눕기엔 터무니없이 좁은 그런 집에서 아기를 혼자 낳았다. 아들이었다. 달비노가 의사를 보내주겠다고 했지만, 모란이 극구 사양했다. 의사가 아기를 죽일지도 모른다고 생각했다. 그 집안사람들이 달비노의 생활에 변화가 생겼음을 눈치채지 못했을 리 없다. 달비노는 알아서 할 수 있다고 말했지만, 모란은 조금도 안심이 되지 않았다. 아기는 다행히 모란을 닮지 않았다. 아기가 좀 더 크면 데리고 나가고 싶었다. 목도 제대로 가누지 못하는 아기가 너무 연약해 보였다. 몸을 제대로 추스르지 못한 모란이 이 아기를 온전히 지켜낼 수 있을지 걱정도 되었다.

울음소리가 우렁찼다. 아기의 입을 틀어막아도 된다면 그리했을 것이다. 모란의 골방은 방음이 전혀 되지 않았다. 아기의 울음소리를 들은 누군가가 신고했을지도 모른다. 이 동네에 사는 사람에게는 출산이 허락되지 않는다. 서둘러 가모산의 집안으로 아기를 데리고 가야 했다. 망설이다간 출산통제부의 직원에게 아기를 빼앗길지도 모른다. 그 사람들에게 필리스템의 핏줄이라 주장해봤자 믿어줄 리 없다. 아기의 얼굴에서 핏물만 겨우 닦아낸 채 모란은 절뚝거리며 휘청거리는 몸을 이끌고 가모산의 집으로 갔다. 다행히 집 앞에서 달비노를 만났다. 달비노가 감격에 겨워하며 아기를 안았다. 달비노는 자신과 꼭 닮은 아기를 신기해했다. 아기를 품에 안은 달비노가 등장하자 집안 식구들을 비롯한 가사도우미들이 놀라자빠질 듯한 표정으로 세 사람을 쳐다보았다. 그날은 마침 가모산의 생일이었다. 생일을 축하하기 위해 온 가족이 집에 모여 있었다. 그래니와 임신한 그의 아내, 어린 두 딸을 비롯해 그의 삼촌과 사촌 형제들까지.

"아버지. 제 아들이에요."

달비노가 기쁨과 두려움이 뒤섞인 얼굴로 가모산 앞에 섰다. 가모산은 세 사람을 차례대로 쳐다보았다.

"배은망덕하군."

가모산의 눈동자가 모란에게 머물렀다.

"죄송합니다."

모란은 자신이 이 집안의 며느리가 되었다고 생각했다. 가사도우미로 일할 때처럼 아무에게나 굽실거리는 태도는 이 집안의 며느리와 어울리지 않았다. 모란은 사모님이 회장님에게 하는 것처럼, 기품이 있지는 않았지만 최대한 공손한 어투로 용서를 빌었다.

"나를 찾아온 이유가 뭐지?"

가모산이 침착하게 물었다.

"이 사람과 결혼하고 싶어요."

하고 싶다고 말해선 안 되었다. 하겠다고 말했어야 했다.
모란은 달비노의 확신 없는 말투가 답답하기만 했다.

"앉아라. 손님들도 계시니 식사부터 마저 하자구나."

당장 쫓겨날 줄 알았는데 식사라니. 모란은 일이 이렇게
쉽게 풀려도 되나 싶어 몇 번이나 허벅지를 꼬집어보았다.
아기는 기특하게도 방긋방긋 웃기만 했다. 식탁의 끄트머리
에 모란을 위한 자리가 마련되었다. 다리가 부러질 듯 차려
진 음식에 침이 꿀떡 넘어갔지만, 모란이 팔을 뻗어 집을 수
있는 곳엔 마른 빵과 식은 수프뿐이었다. 식탁 정중앙에 끼
여 앉은 달비노는 걱정했던 일이 순탄하게 지나간 것에 격앙
되어 구석으로 내몰린 모란의 처지를 미처 챙기지 못했다.
이런 자리에서 시중을 들지 않는 것만으로도 만족해야지. 품
에 아기를 안고서는 애초에 식사하기란 불가능했다. 모란은
아기의 작은 등을 두드리며 먼 훗날을 상상했다. 모란의 품
에 안긴 아기는 언젠가 그래니가 앉은 자리에서 호탕하게 웃
으며 손님들을 맞을 것이다. 그거면 충분했다. 모란이 바라는
것은 오직 그뿐이었다.

손님들이 돌아가고 난 후 가모산은 모란과 달비노를 서재

로 불렀다.

"너는 언제나 나를 실망시키기만 하는구나."

가모산은 모란과 아기를 없는 사람 취급했다. 단 한 번만 이라도 아기를 품에 안아본다면 저 싸늘한 얼굴이 풀어질 거 같았다. 모란은 이불에 폭 싸여 곤히 잠든 아기의 얼굴이 잘 보이도록 몸을 돌렸다.

"죄송해요."

이렇게 예쁜 아기를 데리고 왔는데 뭐가 죄송하다는 거지? 모란은 어이가 없었다. 모란을 받아들이기 어려운 마음은 이 해가 되지만 아기는 달리 봐줘야지. 다른 남자의 애를 받아 들여 달란 것도 아니고 어디를 봐도 달비노와 판박이인 자기 핏줄이 생긴 건데.

"이해해라. 너에게 뭘 기대한 적도 없다만 이번 일은 몹시 도 실망스러워서 견딜 수가 없단다. 시간이 필요해. 시간이."

가모산은 끝까지 모란과 아기를 봐주지 않았다. 대신 아기 와 지낼 빈방을 하나 내어주었다. 모란은 내쫓기지 않은 것 에 만족하기로 했다. 아기가 아장아장 집안을 걸어 다니면 못 이기는 척 안아주겠지. 할아버지 부르며 쫓아다니면 커지 는 미소를 숨길 수 없게 되겠지. 자꾸만 먼 훗날을 상상하게 하는 이 현실이 서글프면서도 감사했다.

그렇게 며칠을 그 집에 머물렀다. 달비노의 얼굴은 볼 수

도 없었다. 회사에 적응하느라 바빴고 높이 올라가겠다는 욕
심에 야근을 자처했다. 퇴근해도 모란과 아기가 머무는 방에
들르지 않았고 일어나면 어느새 회사에 가고 없었다. 하루라
도 빨리 아버지에게 인정받아 세 식구 함께 살 집을 받아내
겠다는 결심에서 시작된 일이라 비난할 수도 없었다. 방 밖
으로 나갈 일이 별로 없었다. 식사는 방으로 가져다주었고
웬만한 것들은 방에 다 갖춰져 있었다. 영원히 이 방에 갇혀
지내야 하는 건 아닐까? 의구심이 들 때마다 햇볕도 들지 않
는 골방에서 굶는 것보단 훨씬 낫지 않느냐고 자신을 다그쳐
야 했다. 이 집에서 아기와 함께 받아주기만 하면 어떤 모습
이든 상관없다고 생각했던 게 고작 며칠 전이었다. 이 방 밖
으로 자유롭게 나갈 수 있는 사람이 되면 좋겠다, 아기가 울
어도 맘 졸이지 않으면 좋겠다, 이 집안의 사람들에게 아기
가 듬뿍 사랑받고 클 수 있다면 좋겠다. 하루에도 수십 개씩
바라는 일이 늘어났다. 아기만 인정받으면 다 괜찮을 줄 알
았는데 모란도 어엿한 집안의 사람이 되고 싶었다. 아무도
쳐다봐 주지 않으면 쉽게 잊힌다. 결국엔 밥을 가져다주는
가사도우미만이 이 집안에 모란이 있다는 걸 기억하게 되는
건 아닐까 두려워졌다.

"달비노는 참 순했었지. 잘 울지도 않고 말이야. 어릴 땐
그래니보다 더 영리했어. 말도 일찍 시작했고 걸음도 빨리

떼었지. 마음도 참 여렸어. 자기보다 약한 것을 보곤 그냥 지나치는 법이 없었지. 꼭 뭐라도 쥐여주고야 걸음을 뗐다니까. 그래니를 후계자로 점찍은 건 그 때문이었지. 여린 마음이 언제고 그 애의 발복을 삼아챌 거란 걸 알고 있었으니까."

늦은 밤이었다. 그 밤에도 갖가지 생각으로 불안에 떨며 우는 아기를 달래고 있었다. 가모산이 노크도 없이 모란이 지내는 방문을 열고 들어왔다.

"나 좀 봐야겠구나. 아기를 데리고 따라오너라."

넓은 집을 놔두고 굳이 건물의 옥상까지 데리고 갈 때 눈치챘어야 했다. 그때라도 도망쳤다면 삶은 다른 방향으로라도 이어질 수 있었을까. 모란은 가모산이 아기를 들여다봐 주었단 사실에 고무되어 주변을 돌아볼 생각을 못 했다. 가모산이 사는 건물은 다마논드호의 최고층 빌딩이었다. 바다의 출렁거림이 장난처럼 느껴지는 높이에서 살다 보면 사람 목숨도 장난감 같아질까.

"바람이 센 밤이구나. 파도도 높은 것 같고. 이런 밤엔 집 안에서 편안히 음악이나 듣는 게 최고인데 말이야. 위험하거든. 도와줄 사람도 없고. 바람에 휩쓸려 아래로 뚝 떨어진다 생각해봐. 얼마나 아찔한지. 허허허."

가모산이 모란의 어깨를 툭툭 밀치며 한 걸음씩 가까이 다가왔다. 모란은 순식간에 난간 앞까지 떠밀렸다. 차가운 바람이 아기의 말랑한 볼을 때리고 지나갔다.

"이렇게 높은 건물의 난간이 왜 어른의 허리높이보다 낮게 만들어진 줄 아나. 위험하라고. 순간의 사고로 언제든 배 아래로 떨어질 수 있게. 네가 처음이 아니란다. 대대로 이런 일은 생겨왔었어. 뭐, 우리 집안뿐이겠나. 너 같은 것들이 호시탐탐 팔자 고쳐보겠다고 몸을 내던지는데."

밤이 깊었다. 아래를 내려다봐도 도무지 끝이 어디인지 가늠하기가 어려웠다. 순진한 걱정만 하고 있던 지난 며칠이 한심하기 짝이 없었다. 준비를 해야 했었는데. 저 사람들이 순순히 우리를 받아줄 거라 믿어선 안 되었는데.

"너에게 두 가지 선택지를 주겠다. 선택은 네 몫이야. 반드시 둘 중 하나를 선택해야 할 거야."

모란은 격하게 고개를 끄덕였다. 품속의 아이가 꿈틀거리며 모란을 찾았다.

"첫 번째, 아이를 살리고 너는 죽는다. 두 번째, 아이도 죽고 너도 죽는다. 자, 어떤 선택을 할 텐가?"

모란은 황당해서 말문이 막혔다. 어찌해도 모란을 받아들일 생각은 없다는 선포였다.

"입 닫고 살게요. 다시 원래의 자리로 돌아가겠습니다. 눈에 띄지 않게 조용히 일만 할게요. 이 아이도 잊고 살겠습니다. 제발 목숨만은 살려주세요."

이렇게 죽을 줄 알았다면 평생 종노릇 하는 삶을 버리지 않았을 거다. 달비노가 너무 쉽게 넘어오기에 신이 축복을 퍼부어준 줄 알았다.

"너 같은 부류의 사람들은 꼭 같은 말을 두 번 하게 만들더구나. 나는 너에게 두 가지 선택지를 주었고 너는 반드시 둘 중 하나를 선택해야 해."

"입 닫고 살겠습니다."

"네가 좀 더 영리했다면 일을 이 지경까지 끌고 오진 않았을 텐데. 나라고 이 선택이 쉬운 건 아니야. 아기를 낳기 전에 찾아오지 그랬나. 아기를 지우는 대가로 많은 것을 받을 수 있었을 텐데."

"꺼져주겠다고! 지금이라도 꺼져주겠다고 말했잖아! 아무 데서도 말하지 않겠다니까? 살려만 주라고. 아기랑 조용한 곳에 가서 살 테니까. 아무한테도 말하지 않을 거라고!"

"말 상대해주니까 네가 우리와 같은 인간처럼 여겨지나 보구나. 말귀를 못 알아듣는 것 같으니 어쩔 수 없지. 너 같은 건 나에게 어떤 제시도 할 수 없어. 아무것도 선택하지 않으면 둘 다 죽겠다는 의미로 받아들이는 수밖에 없지."

"그래! 죽여. 이 애도 죽이고 나도 죽이라고. 이 버러지 같은 것들아. 우리가 죽은 걸 알면 네 아들이 가만히 있을까? 같이 죽겠다고 난리를 칠걸?"

"하하하."

가모산이 모란의 어깨를 으스러질 듯 잡아 흔들었다.

"처음이 아니라고 말했을 텐데. 여기서 몇이나 떨어져죽은 줄 아나? 달비노 그 자식도 그냥 남자라니까. 네가 처음도 아닌걸. 그간 사라진 가사도우미들이 다 어디로 갔을 것 같나. 넌 그저 달비노의 욕구를 풀어줬던 장난감에 불과해."

"아니야."

"난 너에게 선택권을 줬고 넌 방금 선택했어. 네가 한 선택이니 후회는 없을 거야."

모란은 가모산이 거짓을 말하고 있다 확신했다. 모란이 아는 달비노는 가모산 같은 부류의 인간이 아니었다. 이 집안 사람들의 피가 섞였다는 게 믿을 수 없게 순진하고 바른 사람이었다. 눈치로 목숨을 유지해온 인생이다. 바닥을 길 때부터 홀로 살았다. 이 사람 저 사람에게 붙으며 하루를 채워갔다. 누구에게 붙어야 하루를 더 살 수 있는지 어릴 적부터 눈에 빤히 보였다. 밤이 매우 깊었다. 집으로 돌아온 달비노가 아기를 구하러 나타나 줄 것 같다는 예감이 들었다. 모란의 예감은 별로 맞은 적이 없지만 이 밤엔 꼭 들어맞아야 했다. 모란은 아기를 꼭 끌어안고 부지런히 신을 찾았다. 도와달라고, 제발 한 번만 도와달라고.

"아버지!"

그렇지. 신이 나를 버릴 리 없지. 버릴 거였다면 진작 죽였 겠지. 이 집까지 굴러오게 놔두지 않았을 거야. 모란은 기쁜 마음으로 고개를 돌렸다.

"여기까지 무슨 일이야."

가모산이 한층 누그러진 목소리로 그의 아들을 맞이했다. 그래니, 그의 첫째 아들 그래니였다. 모란은 굳게 닫힌 문을 뚫어질 듯 바라보았다. 그럴 리가 없다. 저 문을 열고 나타났 어야 하는 사람은 달비노였다. 신이 이렇게 모든 걸 놓아버 릴 리 없다.

"제가 하겠습니다. 아버지 손 더럽히지 마세요."

"역시 넌 나를 실망시키는 법이 없구나. 믿음직해."

가모산이 손을 탈탈 털며 온화한 미소를 지었다. 달비노에 겐 한번도 보여준 적 없던 미소였다.

"바꿀게. 바꿀게요. 아이만, 아이만은 살려주세요. 모자랄 것 없이 키워주세요. 부탁합니다."

절대로 여기서 벗어날 수 없을 거라는 확신이 들었다. 신 이 보살펴줄 거란 믿음이 산산 조각났다. 가질 수 없는 것을 욕심냈다. 왕부의 가르침대로라면 다음 생에는 이보다 더 못 한 삶으로 태어날 것이다. 부모가 누구인지도 모른 채 태어 나 목구멍으로 넘어갈 것을 구걸하며 살아온 이 삶보다 더 못한 것이 있긴 할까. 가모산이 피식 웃으며 고개를 저었다.

"너는 이미 선택했어. 바꾸고 싶다면 거래를 제안해야지. 아기를 살려주는 대신 나에게 뭘 해줄 텐가?"

"죽어주잖아요. 죽어준다고요."

"그건 이미 예정된 일이고 다른 걸 제시해야지. 인생사가 다 그렇지 않나. 하나를 얻으려면 하나를 잃어야지."

모란의 손이 부들부들 떨렸다. 저런 사람들에게 아기를 내어주어야 한단 말인가. 이 아기는 행복해질까. 행복? 행복은 중요치 않다. 먹을 것을 구걸할 필요가 없다면 매일 밤 따스한 이불 속에서 잠들 수 있다면 그걸로 다 된 거다.

"누구의 손도 더럽히지 않게 해드릴게요."

담요 속 아기가 모란을 멀뚱히 쳐다보았다. 이런 순간에는 깊은 잠에 빠져 허덕거리고 있었다면 좋았을 테지만 모란은 아기와의 마지막 눈맞춤을 길게 이어갔다. 깨끗했던 하늘이 순식간에 먹구름으로 뒤덮였고 세상을 다 깨부술 듯한 소리로 울어대며 비를 퍼붓기 시작했다. 모란은 아기를 가모산에게 건넸다. 부러 난간에 올라설 필요도 없었다. 그저 앞으로 몸을 고부라지게 놔두면 되었다. 가모산의 말대로 낮은 난간은 언제든 누구나 죽을 수 있게 설계된 지도 몰랐다. 모란은 검은 바다로 끝없이 추락하며 아기의 얼굴을 떠올렸다. 아가, 잊으렴. 오늘 밤은 잊어버려. 아무 일 없었다는 듯 살아. 그 사람들 틈에서 꿋꿋하게 살아남아. 미안하다. 아가야.

14.

아침부터 기숙사가 시끌시끌했다. 해천제는 다마논드호의 축제나 다름없었다. 왕부가 용왕에게 올리는 제사가 끝이 나면 온종일 곳곳에서 흥겨운 음악이 흘러나온다. 일하지 않고 공부하지 않아도 누구 하나 뭐라는 사람이 없는 유일한 날이었다. 손이 닿는 곳마다 먹을 것을 배치해두어 누구라도 허락 없이 맘껏 배를 불릴 수도 있었다. 오랜만에 가족과 친구들을 만나며 바삐 살아온 날들을 보상받는 날이기도 했다. 이 모든 게 용왕의 축복이라고 왕부는 말할 것이다. 다음 해천제까지 용왕의 베푸심에 감사하며 왕부의 말에 복종하는 삶이 반복된다.

사립학교 기숙사의 아이들이라고 해천제가 심드렁한 건 아니었다. 왕부의 비밀을 알고 있는 아이는 극히 소수였기에 그저 노는 날이라 반기는 것만은 아니었다. 넉넉하게 누릴 수 있는 삶을 주심에 또 다음 삶이 지금보다 나빠지지만은 않기를 진심으로 빌어 올려야 했다. 수호그룹일지라도 실세가 아니면 다 알지 못하는 이야기들이 있는 법이니까.

산도는 몬구를 쫓아 기숙사 밖으로 나왔다. 마요가 보이지 않아 관리실 앞을 기웃거렸다. 당연하게도 몬구는 산도를 기다려주지 않았다. 애초에 동행의 개념으로 기숙사를 나온 게 아니었으니까. 몬구가 나오기에 서둘러 쫓아 나왔다. 근래 들어 마요가 자주 관리실을 비웠다. 기숙사 어디를 청소하거나 수리하고 있는 것이면 좋을 텐데 기숙사 안에선 마요의 그림자도 찾을 수가 없었다. 학생이 한 명이라도 남아있다면 관리인은 절대 기숙사를 비워선 안 된다. 수지에게 갔을 것이다. 배 속의 아기를 위해서라도 좀 더 열심히 일해주면 좋을 텐데. 사립학교 기숙사 관리인 자리를 빼앗기면 어쩌려고.

"내가 어딜 가는 줄 알고 따라오는 거야."

"해천제 가는 거 아냐?"

몬구는 산도가 저를 쫓아다니는 걸 은근히 즐기는 듯했다. 몬구는 어젯밤부터 수호그룹 애들 정보를 끊임없이 물어댔다. 누군가 말을 걸어주는 게 그저 좋았던 산도는 몬구가 묻지도 않은 것까지 줄줄 읊어주었다. 몬구의 관심은 스터디룸에 출입이 가능한 아이들에게 쏠려있었다. 그 애들의 정보를 말할 땐 눈을 반짝이며 들었지만 나머지 애들의 정보는 듣는 둥 마는 둥 했으니까.

"나한테 등신 같은 형이 하나 있거든? 남들은 착하다 순하다 칭찬 일색이지만, 그거 다 이용해 먹으려고 하는 소리인 거 너도 알지? 그러면 형은 또 좋아서 허허실실 웃고. 속 빠진 인간처럼 이리저리 불려 다니며 뼈 빠지게 일만 하고 몫은 하나도 못 챙기고. 내가 악착같이 형의 몫을 받으러 다녔어. 그러면 사람들은 나더러 못되어 처먹었대. 한 배 속에서 태어난 게 맞느냐고. 어디서 주워 온 거 아니냐고."

몬구는 해천제가 열리는 갑판 위로 향하지 않았다. 성큼성큼 계단을 밟으며 산도는 발도 디뎌본 적 없는 층으로 올라갔다.

"넌 대체 여길 어떻게 아는 거야?"

비상구 계단을 통과하자 옆 건물과 연결된 다리가 나타났다. 산도가 주변을 두리번거리는 사이에 몬구는 빠르게 다리를 통과했다. 길을 잃었다간 영영 기숙사로 돌아갈 수 없을 것 같아서 산도도 몬구를 따라 서둘러 다리를 건넜다.

"어느 날 내가 사는 곳에서는 볼 수도 없는 부류의 사람들이 자주 나타나는 거야. 사람들을 유심히 관찰하다 돌아가고는 했는데 꼭 젊은 남자들만 골라서 보더라고. 누구를 찾는 것 같은데 그들도 찾고 있는 게 누군지 모르는 눈치였어. 모

아니면 도잖아. 나한텐 등신 같은 형이 있고 그 사람들이 찾는 건 젊은 남자고. 좋은 일인지 나쁜 일인지는 부딪쳐봐야 알 수 있는 거잖아? 나는 형을 그 사람들 앞으로 직접 데리고 갔지. 이 사람이 우리 형인데 당신들이 찾는 사람 같다고, 그냥 그렇게 말했어. 그 사람들이 막 웃더라. 직감적으로 별로 좋지 않은 일에 휘말리게 되었다는 걸 알게 되었지. 웃는 얼굴이 묘하게 기분 나빴거든. 그 사람들이 형을 데리고 갔어. 그리고 나는 이 학교로 보내졌고."

"그러면 다 잘된 일 아니야?"

"그런가?"

몬구는 고개를 갸웃거리는 와중에도 걸음을 멈추지 않았다.

"어디로 가는지 알고 가는 거야? 우리가 없어져도 누구 하나 찾으러 오지 않을 거라고. 수호그룹이라도 다 같지는 않다니까?"

"거기서 살아남으려면 몸이 얼마나 재빨라야 하는지 알아? 같은 처지인 사람들끼리 서로 얼마나 뺏기고 뺏으려 드는지. 어두운 밤에도 눈이 밝아야 하고 자는 와중에도 귀는 열려있어야 한다고."

"어디로 가는 건지 아는 거냐고."

"남의 걸 빼앗거나 버린 걸 줍거나 해야만 먹을 것도 입을 것도 생기는 곳이 37구역이야."

"그놈의 37구역 타령 좀 그만해."

"남의 걸 어떻게 빼앗는 줄 알아? 눈에 띄지 않게 쫓아다니는 거지. 조용히 잽싸게. 수호그룹은 이 배에 대해 제일 모르는 사람들을 모아놓은 곳일지도 모르지. 나, 수호그룹이 되기 전에도 학교며 기숙사며 다 와봤어. 내 책들 봤지? 그걸 다 어디서 얻었다고 생각해? 난 학교에 다녀본 적이 없어. 37구역 애들한텐 그런 기회가 주어지지 않는다고. 왜인 줄 알아? 출생신고조차 안 된 애들이니까."

"나한테 그런 걸 왜 다 말하는 거야?"

"네가 내 편이 되어줘야 하니까."

"친구는 되어줄 수 있어."

"친구?"

내내 몬구의 뒷모습만 보며 걸었다. 얼핏 몬구가 비웃는 소리 들은 듯도 했다. 어딜 저렇게 바삐 걸어가는 걸까. 두려우면 멈추면 된다. 왔던 길을 차근차근 돌아가면 길을 잃지 않고 기숙사에 도착할 것이다. 우리가 친구가 될 수 있을까. 그건 누구의 선택에 달린 문제일까.

"친구는 모르겠고 그 애들이 더는 널 무시하지 못하게 만들어줄 순 있어."

"어떻게?"

"일단 형이 뭘 하고 있는지 알아내야 해. 대충 짐작은 가는

데 확실해야 하니까. 너 성전이 어디에 있는 줄 알아?"

"성전?"

"왕부가 기도 올리는 곳 말이야."

"내가 그런 걸 어떻게 알아."

"아무리 뒤져도 성전이 어디에 있는지 모르겠단 말이야."

"왕부님을 뵈러 가는 거야? 해천제가 시작되면 볼 수 있을 텐데?"

"그래. 내 궁금증은 해천제가 시작되면 바로 풀릴 거야. 근데 말이야, 이젠 좀 다른 게 궁금해져서. 이 상처 보여? 어젯밤에 네가 날 밀어 생긴 거잖아. 아무래도 피가 멈추지 않아서 약을 구하려고 여기 잠시 왔었거든. 그러다 이상한 얘길 들었지 뭐야."

"무슨 얘기?"

몬구가 뒤돌아서 손가락으로 입을 가렸다. 걸음 소리마저 완벽히 죽인 몬구가 단단한 철문을 조심히 잡아당겼다. 약품 냄새가 코끝을 스치고 지나갔다. 천장에 달린 형광등이 아래를 뜨겁게 내리쬐는데도 사방에서 뿜어져 나오는 냉기에 등골이 서늘했다. 병원이었다. 산도가 평소에 다니던 병원과 사뭇 분위기가 달랐다. 해천제 당일엔 병원도 문을 닫는지 사람이라곤 찾을 수가 없었다. 멀지 않은 곳에서 아기 울음소리가 들려왔다. 걸음을 멈추고 사방을 둘러보던 몬구가 아기 울음소리가 들리는 방향으로 조용히 걸음을 옮겼다. 약품 냄새는 옅어지고 피비린내가 강하게 풍겨왔다. 몬구가 먼저 코를 틀어막았다. 37 주거 단지촌 가난의 냄새도 피비린내보단 덜 역한 것 같았다. 사람들의 수런대는 소리가 들렸다. 누가 다쳤나. 급한 상황인가. 아침부터 보이지 않던 마요의 얼굴이 스쳐 지나갔다. 아니겠지. 아닐 거야. 마요는 다쳐도 병원에 갈 수 없다. 돈이 없으니까. 스스로 의술을 터득한 사람들이 간단한 처치를 해주는 곳이 있다. 보통 사람들은 그런 곳에서 병을 치료한다.

"형! 잘 좀 잡으라고. 몇 시간 안 남았어. 곧 해천제가 시작한단 말이야."

"이미 많은 피를 흘려드렸어. 더는 안 돼. 가망이 없는 거야. 이젠 그만 보내드려야 해."

"병세가 깊을수록 더 많은 피가 필요하댔어. 그래서 내가 둘이나 데려왔잖아."

몬구 뒤에 바짝 붙어 피비린내와 아기 울음소리가 뒤섞인 병실 안을 들여다보았다. 한 남자가 벌거벗은 아기를 품에 안고 있었고 또 다른 남자가 피로 범벅이 된 칼을 아이의 목에 꽂으려 하고 있었다. 침대에는 뼈밖에 남지 않은 남자가 누워 있었는데 그의 얼굴은 핏자국으로 엉망이었다.

"으아아아악!"

먼저 뒤로 나자빠진 건 산도였다. 바닥에 뭉쳐놓은 천 뭉텅이 사이로 또 다른 아기의 얼굴이 보였다. 창백한 아기의 몸에 있어야 할 피가 아기를 감싸 안은 천을 흥건히 적시고 있었다.

"누구냐!"

몬구가 대담하게 바닥에 버려진 아기 앞으로 다가가 얼굴에 손가락을 갖다 대었다.

"죽었어."

몬구는 아기를 그대로 내버려 둔 채 차분히 일어나 울부짖고 있는 또 다른 아기에게 다가갔다.

"혹시 이 애도 죽일 건가요?"

아기를 빤히 내려다보던 몬구가 이번엔 침대 위에 누운 남자에게로 걸음을 옮겼다.

"왕부 아닌가요?"

"아니야!"

몬구의 말이 채 끝나기도 전에 칼을 든 남자가 버럭 소리를 질렀다.

"왕부님 때문에 이 아기를 죽인 건가요?"

"아니래도!"

죽은 아기의 몸을 감싼 이불에서 흘러나온 피가 바닥을 적시고 있었다. 축 늘어진 몸이 사람 같지 않게 너무 작았다. 이

게 다 무슨 일인지 도무지 이해가 가질 않았다. 어른을 불러
와야 한다는 생각뿐이었다. 아기가 죽었고 칼을 든 어른들이
또 다른 아기를 죽이려 하고 있었다. 무작정 앞으로 달려갔다.
계단이 보이면 뛰어올랐고 막다른 골목에 접어들면 뒤돌아 나
왔다. 이미 모두가 바깥으로 나가버렸는지 원래부터 빈 건물
인 건지 도망치는 동안 어른은 고사하고 아이 하나 마주치지
못했다.

낯선 곳에서 길을 잃었다는 걸 인지하고 나서야 피가 흥건
한 병실에 혼자 두고 온 몬구가 떠올랐다. 그 남자들이 몬구
도 죽였으면 어쩌지. 아무도 그런 병원이 있는 걸 모른다면,
그 사이에 아기들이 죽은 흔적을 모두 지워버렸으면, 아무도
믿어주지 않으면 어쩌지. 순간 머릿속이 하얗게 지워졌고 눈
앞이 빙글빙글 도는 것 같았다.

다마논드호에서 나고 자랐는데 아는 곳이라곤 학교와 기숙
사, 37 주거 단지촌이 전부였다. 왜 몬구처럼 이곳저곳 돌아
다녀 볼 생각을 못 했을까. 학교에서 쫓겨날까 늘 조마조마한
마음으로 살았다. 37 주거 단지촌에 살 때도 마요의 눈치를
보느라 매사에 조심했다. 아빠가 누군지 엄마는 왜 죽었는지
왜 마요의 손에 자라게 되었는지 궁금한 것투성이였지만 하나
도 물어보지 못했다. 진짜 삼촌도 아닌 마요가 쫓아내면 정말
로 갈 곳이 없어지는 신세가 되니까. 그 아기들은 누구일까.

작았다. 너무 작아서 품에 안으면 으스러질 것 같았다. 그 작은 아기들을 죽일 수 있는 사람들과 같은 배에서 살아가고 있었다니. 전엔 느끼지 못한 공포가 엄습해왔다. 해천제고 뭐고 얼른 기숙사에 숨어들고 싶었다. 두꺼운 이불 속에 파묻혀 세상에 없는 사람 흉내를 내고 싶었다.

"당신 짓이잖아!"

산도가 귀를 틀어막고 낯선 곳에 주저앉았다.

"당신밖에 없었다고! 아기가 곧 태어날 거란 사실을 아는 사람! 우리 아기 어쨌어! 어디에다가 팔아먹은 거야!"

아무리 귀를 틀어막아도 울부짖는 남자의 목소리는 고막 안에 파고들었다. 아기? 아기라고 했어? 병실에서 봤던 아기의 모습이 떠올랐다. 핏덩어리와 하나가 되어 사람인지 뭔지 구별이 되지 않았던 작은 아기 하나와 살고 싶어 우렁차게 울어대던 또 다른 작은 아기. 그 아기는 어떻게 되었을까. 몬구가 아기를 데리고 도망친 거라면 좋겠다. 다마논드호라면 어디든 길이 훤한 몬구가 안전한 곳에서 몸을 잘 숨기고 있으면 좋겠다. 어른들이 찾으러 올 때까지 아기가 울음을 잘 참고 있어주면 좋겠다.

"난 아니네. 내가 자네 아기를 내 손으로 어찌 그래! 아니, 자네 아기가 아니어도 내 평생 그런 짓은 해본 적 없어!"

"하시려고 했었잖아요! 산도를, 산도의 피로 선장님의 아버지를 살리려고 했었잖아요! 산도를 죽이려고 하셨잖아요!"

"결국엔 하지 않았어! 자네가 말려서가 아니라 나 스스로 멈췄던 거야! 하면 안 되는 짓이니까! 사람이 그러면 안 되는 거니까!"

산도는 눈물을 닦으며 앞으로 한 걸음씩 걸어 나갔다.

산도, 산도, 산도.

나 말고 다른 산도가 또 있는 걸까. 산도, 마요가 지어준 이름이다. 엄마·아빠는 이름도 지어주지 않고 떠나버렸다. 산도라는 이름을 좋아했다. 다음 생에도 같은 이름을 쓰고 싶어질 정도였다. 마요의 아들로 태어나면 좋겠다고 생각했다. 우리 다음엔 나란히 수호그룹에서 태어나서 행복하게 살자고, 결혼도 하고 아기도 낳아서 돈 걱정 없이 화목하게 살자고.

"알아요. 다 알아요. 저도 그 자리에 있었어요. 그래니, 그 사람이 산도를 선장님에게 버리고 갔잖아요. 산도를 선장님 아버지 살리는 데에 써도 된다고 말하면서 매정하게 돌아섰잖아요. 자기 자식을, 어떻게…."

그래니? 필리스템 회장? 아세스의 아버지? 이게 다 무슨 말인지. 매일 아침 찾아와 상처받는 말을 아무렇지도 않게 내던지던 아세스의 얼굴이 떠올랐다. 아세스는 알고 있었던 걸까. 그래서 나를 그렇게 싫어했나. 산도는 부들거리는 다리에 힘을 주고 한 걸음 더 앞으로 내디뎠다.

"아니야. 산도는 그래니의 아들이 아니야. 그래니의 동생 달비노의 아들이지. 입조심 해야 하는 거 알고 있겠지. 이미지로 먹고사는 기업이야. 그런 일이 있었다는 게 알려지면 안 된다고. 필리스템이 무너지면 우리 다마논드호도 같이 무너지는 거야. 필리스템은 다마논드의 얼굴이라고. 당시 필리스템의 회장이었던 가모산의 지시였어. 가모산 회장님과 우리 아버지는 어릴 적부터 붙어 지내던 친구였으니까. 친구를 살리고 싶었던 거지."

"손자잖아요. 손자를 죽이고 친구를 살린다고요? 그게 말이 돼요?"

"남의 집 사정이야. 자네가 분노할 것 없어."

"산도가 너무 불쌍하잖아요."

"자네가 만든 아기도 결국 이렇게 될 거란 걸 다 알고 있지 않았나. 그러면서도 고집스럽게 낳아버리지 않았나."

산도는 살짝 열린 문틈으로 울부짖는 마요를 훔쳐보았다. 머릿속이 너무 복잡해서일까. 얼음처럼 굳어버린 몸이 제대로 움직이질 않았다. 과거의 일을 소상히 들으러 선장과 마요 앞으로 달려갈 수도 없었다. 아기를 봤다고, 둘이나 봤다고 일러줘야 하는데도 입이 벙긋하지 않았다.

"우리 아기 좀 찾아주세요. 네? 차라리 다른 배로 입양 보내주세요. 우리와 함께 살지 못해도 괜찮아요. 네? 제발, 제발,

살려만 주세요."

"입양을 받아주는 배는 없어. 다들 똑같은 문제로 골머리를 앓고 있으니까 말이야. 사람은 넘쳐나고 공간은 한정적이지. 탐욕스러운 무리의 눈에 띄면 몸 안의 피와 장기를 몽땅 빼앗긴 채 바다에 던져지는 거고 운 좋게 피해 가면 산 채로 바다에 던져지는 거야. 결말은 똑같아. 허락받지 못한 탄생이니까. 허술하고 나태한 관리에 용케 살아남았다고 해도 별수 없어. 죽은 것만 못한 삶이 기다리고 있을 뿐이지."

마요의 처절한 울음소리가 조타실을 가득 채웠다. 산도도 울고 싶었지만, 눈물이 한 방울도 흘러내리지 않았다. 비참해서 울고 싶었고 억울해서 울어야 했는데. 산도는 한참 동안 그 자리에 서 있기만 했다. 마요의 울음소리가 산도의 목을 조르는 듯했다.

15.

"제가 아기를 봤어요."

산도가 허락도 없이 불쑥 들어섰다. 선장과 마요는 당혹스러움에 얼어붙어 버렸다. 언제부터 거기 있었는지 어디부터 들었는지 물어볼 필요도 없었다. 한없이 가라앉은 산도의 목소리가 둘의 대화를 빠짐없이 들었다고 대신 말해주었으니까.

"아기를 봤어?"

마요가 터져 나오려는 울음을 꾹 누르며 물었다. 산도의 어깨 위로 의지하듯 내려앉은 마요의 손이 파르르 떨렸다. 산도는 입술을 꾹 깨물고 고개를 끄덕였다.

"아주 작은 아기였어요."

산도가 다시 말을 꺼내기까지 수 초밖에 걸리지 않았는데도 마요는 영겁의 세월이 지난 것처럼 느꼈다. 아기를 어디서 봤는지 누가 데리고 있는 건지 무사하긴 한 건지 묻고 싶은 게 태산이었지만 입을 여는 것조차 버거워 보이는 산도에게 물을 수 있는 건 한 가지뿐이었다.

"아기를 본 곳으로 나를 데려가 주겠니?"

온몸의 세포가 사방으로 솟구쳐나가는 기분을 힘겹게 견뎠다. 산도가 어떤 마음일지 뻔히 아는데도 위로를 삼켜두고 아기부터 찾아야 하는 이 상황이 분통 터지게 싫었다. 수지 혼자서 아기를 낳았다. 아기의 울음소리가 들리지 않았고 숨을 쉬는 것 같지도 않았다. 밖으로 뛰쳐나와 도와달라고 소리쳤을 때 누군가 기다렸다는 듯 수지를 밀치고 아기를 빼앗아 달아났다. 수지는 한 걸음도 움직일 수가 없었다. 다리 사이로 주룩 흐르는 피는 멈출 기미가 보이지 않았고 머리채라도 잡힌 것처럼 눈앞이 흔들렸다.

마침 마요가 도착하지 않았더라면 아기는 고사하고 수지까지 잃었을지 모를 일이었다. 수지를 집이라고 부를 수도 없는 공간에 데려가 눕혔다. 수지는 새는 발음으로 띄엄띄엄 상황을 전달하려 애썼지만 알아듣는 게 힘들었다. 몸이 성치 않은 수지를 집에 남겨두고 마요는 홀로 아기를 찾으러 나왔다. 이렇게 될 줄 다 알고 있었잖아. 하마터면 수지에게 소리칠 뻔했다. 이 뻔한 결말을 기다리느라 열 달을 수고한 거냐고, 제대로 먹지도 못하고 품어온 아기가 성하게 태어날 리 없는데 대체 뭘 기대한 거냐고.

"삼촌. 아기 얼굴 본 적 있어요?"

마요가 고개를 가로저었다. 인내심이 한계에 다다르려 했다. 미적대는 산도의 태도 때문인지 함부로 아기를 노출한 수지의 무모함 때문인지 혹은 아기가 사라졌단 얘기에 밀려들던 안도감 때문인지는 잘 모르겠다. 자꾸만 분노가 치밀었다. 아기를 키워낼 자신이 없다고 토로하면 산도를 저만큼 키워내지 않았느냐며 수지가 마요를 추켜세웠다. 내가 산도를 키운 게 아니라 산도가 나를 거두어 먹여준 거야. 말하지 않아도 다 알고 있는 사실을 소리 내 외쳤다.

"저를 따라오세요."

낯선 행인이 길을 묻는데 호의를 베풀 듯 산도는 기계적으로 뒤로 돌아 말없이 걸음을 옮겼다. 선장이 마요보다 앞서 산도를 따랐다. 억울해. 억울하다고. 산도를 죽이려 했던 사람은 따로 있는데 왜 죄인이 된 것 같은 기분까지 덮어써야 하는 걸까. 언제나 이런 식이다. 37 주거 단지촌에 소속된 사람의 삶이란. 아니, 수호그룹에 소속되지 못한 사람들 전부의 삶이 이럴지도 모른다. 마요는 고개를 푹 숙인 채 터벅터벅 선장의 발뒤꿈치만 보며 따라 걸었다. 저 발뒤꿈치를 쫓지 않았더라면 억울함이 뭔지도 모른 채 살았을 거다. 그런 삶이 더 나은가. 쓰레기라고 버린 음식을 주워 먹어도 전혀 초라하지 않은 삶, 한 자리에 머무는 게 당연해 보이는 그런 삶 말이다. 산도가 아기를 발견하지 못했더라면 어땠을까. 어차피 아기를 지켜내지 못할 거라면 남 탓으로 돌리는 게 더 낫지 않나. 품에 안고 눈을 마주 본 아기를 결말이 뻔한 구덩이에 손수 내던지는 것보다는 행방을 모르게 잃어버리는 편이 덜 비극이지 않을까. 뒤쫓을 대상이 존재한다는 것만으로도 충분히 감사하며 살아야 했는데.

산도는 마요의 보험이었다. 선장이 더 이상 뒤를 내어주지 않을 땐 산도를 붙잡고 늘어져야지 했었다. 무턱대고 아기를 낳자 했던 것도 선장 혹은 산도를 믿어서였다. 그간의 연이 있는데 모른 척하진 않겠지 새 생명을 얻었다는데 어떻게든 해주겠지. 산도를 떠안게 되면서 선장에게 금전적인 요구를 했지만, 오직 돈 때문에 산도를 붙잡고 있었던 건 아니었다. 가여웠다. 죽도록 내버려 둘 순 없었다. 쓰레기 같은 걸 주워 먹고 살게 하고 싶지 않았다. 귀한 집 자식이란 걸 알아서 더 그랬다.

주변공기가 건조해진다 싶더니 소독약 냄새가 훅 밀치고 들어왔다. 차가운 조명이 긴 복도를 비추고 있었다. 화장실에서 미끄러져 다리를 다친 학생을 데리고 이곳에 와본 적이 있었다. 병원이란 곳에 처음 와본 때였다. 자꾸 이런 곳에 발을 들이니 억울해지고 초라해지지. 병원이 있다는 걸 모를 때는 아파도 서럽지 않았었다. 약 한 알 삼킬 수 없는 현실이 억울하지도 않았다.

"들어가 보세요."

산도가 복도 양옆으로 늘어선 문 중 하나 앞에 섰다. 핏자국으로 더럽혀진 문손잡이가 거북해서인지 한 발 뒤로 물러서며 턱으로 병실을 가리키기만 했다. 선장이 마요보다 더 가까운 곳에 서 있었지만, 구경꾼 노릇 외에는 할 생각이 없다는 듯 팔짱을 끼고서 지켜보기만 했다. 핏자국을 본 순간부터 심장이 튀어나올 듯 날뛰었다. 바닥에 어질러진 피 묻은 발자국을 보고서 반쯤 포기한 마음으로 문을 열었다. 피칠갑이 된 병실이 눈앞에 펼쳐졌다. 눈알이 와락 뒤집히는 것 같았다.

신생아의 피. 십여 년 전 산도를 처음 만났던 날이 떠올랐다. 그날 산도는 죽을 수도 있었다. 버려진 아기의 목숨이 선장의 손에 쥐어졌다. 내장이 다 썩어가는 병에 특효라는 신생아의 피를 선장의 아버지에게 먹이려 했다. 산도가 선장에게 딱히 고마워야 할 필요는 없다고 생각한다. 차마 그 손으로 아기를 해칠 수 없었던 것뿐이지 다른 선택권이 있었다면 산도의 피를 그 아버지의 입으로 흘려보냈을지 모를 일이다. 마요는 덜덜 떨리는 손으로 손잡이를 돌려 당겼다. 작은 아

기의 몸에서 흐른 피가 흰 시트를 붉게 적실만큼 충분했을
까. 피로 물든 침대에 눈길이 완전히 붙들렸다.

"아기를 봤다며!"

짐작 못 한 일도 아니었는데 속에서 욕지기가 치밀어 올랐
다.

"있었어요. 여기에."

아기가 있었단 자리에 피비린내만 진동하는데도 어떻게 변
함없이 침착할 수 있는 거지. 산도는 문 너머에 그대로 서서
제 할 일을 다 끝냈다는 얼굴로 차갑게 마요를 쳐다보았다.

"말렸어야지! 네가 인간이라면 그랬어야지!"

"삼촌이 나한테 해준 것처럼요?"

"그래! 난 널 살렸어!"

"고맙게 생각하고 있어요. 보답할 거예요. 꼭."

산도를 가족이라 생각했다. 산도가 수호그룹에 소속된다고
했을 땐 이보다 더 큰 행복은 세상에 없는 것처럼 기뻤다.
산도를 원망하지 않는다. 자신에게 자꾸 화가 나서 헛말이
튀어나왔다. 목구멍에서 꿈틀대는 역겨움의 대상이 그 누가
아닌 마요 자신인 것 같았다. 아기가 어떻게든 사라져버렸으
면 좋겠다고 바랐지만, 눈으로 직접 확인하고 싶진 않았던
본심을 직면하고 말았으니까.

"그 입 좀 다물어보게. 무슨 소리가 들리는 거 같지 않나?"

내내 말이 없던 선장이 날 선 얼굴로 병실을 살폈다. 정말로 침대 아래에서 가냘픈 음성이 울음을 삼키고 있었다. 마요가 몸을 깊이 숙여 침대 아래를 살폈다. 작은 아기가 이불에 감싸인 채로 생존을 위한 몸부림을 쳤다. 마요는 작은 아기를 조심히 품에 안으며 믿을 수 없다는 얼굴로 선장과 산도를 번갈아보았다. 죽은 줄로만 알았던 아기가 돌아온 것이다.

"아가야. 아가야. 여기에 있었구나."

아기를 품에 안은 순간 마요를 둘러싼 세상이 온기가 퍼지는 듯했다. 살면서 한 번도 느껴본 적 없던 따스함이었다. 생명을 탄생시킨 거대한 존재에게 포근히 안긴 기분이었다. 평생 지켜주겠단 약속을 퍼부어주는 것 같아 꿈이라면 깨고 싶지 않을 정도로 벅차올랐다. 산도를 키울 땐 느껴보지 못했던 감정이었다. 절대 깨부숴지지 않는 두꺼운 막이 둘을 감싸주는 것 같았다.

"이젠 어쩔 셈인가."

마요는 선장을 무섭게 노려보았다. 선장이 말을 건 순간 둘을 둘러싼 막이 와장창 깨지고 말았다. 왜 하필 이때. 잠깐의 시간도 허락할 수 없는 건가. 아기와 둘만 남겨진 세상 속에선 부족함이라곤 느낄 수가 없었지만, 선장이 끼어들자마자 아기를 껴안은 채 아래로 깊숙이 추락하는 것만 같았다.

"키울 건가."

그렇다고, 자신 있게 대답할 수가 없었다. 수지가 아기를
품고 있을 때 먹었던 불순한 마음이 칼날이 되어 할퀴어댔
다. 눈도 제대로 뜨지 못하는 아기의 얼굴이 너무도 무고했
다. 어떻게든 지켜 내리라, 아무에게도 빼앗기지 않으리라,
굳건히 아비의 노릇을 해내리라, 굳은 다짐을 되뇌었지만 겨
우 하루도 먹을 것이 넉넉해 본 적 없던 지난날에 목이 조여
왔다.

결혼허가서가 통과되지 않을 때 가장 많이 들었던 말은 자
격이 충분하지 않다는 것이었다. 죄 없는 아기가 자격도 없
는 부모를 만나 불행하게 삶을 끝내야 할 운명에 처했다. 도
망쳐 꼭꼭 숨어버린다 한들 며칠이나 견딜 수 있을까. 아기
에겐 어떤 게 더 나은 선택일까. 그저 함께한다고 행복해할
까. 자격도 없는 부모를 원망하지 않을 리 없다. 여기서 다
끝내야 하나.

둥. 둥. 둥.

해천제의 시작을 예고하는 북소리가 복도의 스피커로 울려
퍼졌다. 긴 하루가 마침내 시작된 것이다. 마요는 아기를 꼭
끌어안았다. 선장과 산도만 입을 다물어준다면 아기의 존재

를 들키지 않고 이곳에서 빠져나갈 수 있을 것이다. 무책임
했다는 원망을 듣게 될지도 모르지만, 뒷일은 나중에 생각하
기로 했다. 모두가 해천제에 눈이 팔린 이 틈이 수지가 있는
집으로 아기와 함께 돌아갈 유일한 기회였다. 작고 연약한
아기가 마요의 품에서 꿈틀대고 있었다.

16.

이번 해천제에서 왕부 교체식이 있을 거란 소문이 파다하게 퍼졌다. 갑판 위 광장에 일찌감치 모인 사람들은 이례적인 왕부의 조기 교체를 두고 이곳저곳에서 물고 온 이야기를 풀며 소문을 부풀려갔다. 소문의 파도를 타고 있는 군중 속에 몬구가 있었다. 왕부의 제자들이 감쪽같이 사라졌다. 산도와 몬구를 마주한 제자들은 왕부를 내버려 둔 채 죽은 아기만 챙겨 도망치듯 병실을 빠져나갔다. 왕부는 죽든 말든 상관없는 듯했다. 제자들의 충성심이 그 정도로 허술하다니 놀라울 따름이다.

형을 만나서 제자들을 너무 신뢰하지 말라는 당부를 해주어야 하는데. 적당히 속을 감추어야 하고 곁을 다 내어주지 말아야 한다는 걸 멍청한 형이 알 리가 없어 걱정되었다. 몬구는 새 왕부의 자리에 형이 있으리라 확신했다. 낯선 남자들이 이유도 알려주지 않은 채 형을 데려갔고 얼마 지나지 않아 몬구는 수호그룹으로 보내어졌다. 무슨 일인지 생각할 겨를도 없이 주변 상황이 완전히 뒤바뀌었다.

형을 몰래 찾아다닌 건 단순한 호기심 때문이었지 형의 안부가 궁금해서는 아니었다. 웬만한 곳은 다 뒤지고 다녀봤지만, 형을 찾을 수 없어 죽었나 했는데 왕부 교체 소식이 알음알음 들려오기 시작한 것이다. 왕부의 자리에 형이? 절대 그럴 리 없다는 장담도 할 수 없었다. 몬구가 수호그룹에 소속된 것이야말로 불가능한 일이었으니까. 이 말도 안 되는 상황이 몹시도 마음에 들었다.

37 주거 단지촌에서 수호그룹으로 직행했다. 기적보다 더 기적 같은 일이 벌어진 것이다. 형 때문에 수호그룹으로 옮겨진 게 확실하다면 형이 왕부의 자리를 굳건히 지키도록 만들어야만 했다. 시작부터 위태로울 순 없다. 제자들이 이미 죽인 아기의 시체로 무엇을 하려는지 짐작이 갔다. 그들이 느끼는 두려움을 몬구도 느끼고 있으니까. 다시 밀쳐질까 봐 안간힘을 써가며 버티는 중이니까. 내가 가질 수 없다면 다 같이 무너지는 편이 훨씬 나을 테니까.

둥. 둥. 둥.

북이 울렸다. 점점 더 많은 사람이 광장으로 모여들고 있었다. 해천제의 시작이 얼마 남지 않았다. 그 전에 제자들을 찾아내어야 한다. 아니, 죽은 아기를 그들의 손에서 빼내어야만 한다. 몬구는 밀려드는 사람들을 파헤치고 다니며 궁지에 몰린 두 사내를 찾았다. 단지 왕부를 살리기 위해 아기를 희생양 삼았다고 하기엔 그들은 너무 절박해 보였다. 왕부가 아닌 그들의 목숨을 구걸하고 있다는 게 눈에 훤히 보였다.

형이 사라졌고 왕부는 죽어가고 왕부 교체에 대한 소문이 일고 있다. 몬구가 어떻게든 형의 자리를 지켜주고 싶은 것처럼 제자들도 왕부의 교체 없이 현 상황을 지속하고 싶을 것이다. 왕부를 믿고 따라서가 아니라 자신의 자리를 보전하기 위해서. 일일이 지나는 사람을 다 붙잡고 확인할 순 없었다. 시간이 촉박했다. 곁을 스치며 두려움이 휩싸고 있는 눈빛을 골라내야만 했다.

둥. 둥. 둥.

북소리가 긴장감을 고조시켰다. 검은 예복을 차려입은 왕부의 새 제자들이 광장의 중앙무대를 분주히 누비며 해천제를 준비했다. 우왕좌왕하는 모양새가 왕부의 교체를 다시 한번 증명해주었다. 왕부가 바뀌어도 제자들이 현 자리를 유지할 수 있다면 그들은 죽은 아기를 데리고 도망치지 않았을까. 사라진 제자 둘은 형제인 듯했다. 언젠가 왕부가 또 교체되어야 할 시기가 온다면 몬구 역시 그 형제들처럼 손에 쥔 것을 내려놓지 않으려 사람을 죽이는 일에도 망설이지 않게 될까. 산도는 우리 같은 사람들이 수호그룹 안에서 살아남으려면 바닥에 납작 엎드려 기어야 한다고 했다. 몬구의 생각은 달랐다. 그렇게 저자세를 유지하니까 입김 한 번이면 날려버릴 수 있다고 착각하는 거다. 왕부가 교체된다고 제자들까지 갈아엎지 않았더라면 몬구 역시 이 해천제를 가만히 즐기면 됐을지도 모른다.

"해천제를 곧 시작하겠습니다!"

제자 한 명이 소리치자 북소리가 더욱 웅장해졌다. 선 자리에서 웅성대던 사람들의 시선이 한 곳에 집중되었다. 여덟 명의 제자가 간격을 두고 두 줄로 나란히 섰다.

"왕부님 나오십니다!"

화려한 예복을 걸친 새 왕부가 군중 앞에 모습을 드러냈다. 패기에 찬 얼굴의 젊은 왕부의 걸음걸이는 당차고 권위 있어 보였다. 몬구는 말문을 잃고 새 왕부를 바라만 봤다. 형이 왕부가 되어서 놀란 게 아니다. 형이 완전히 딴판인 모습으로 나타났다. 옷이나 얼굴의 문제가 아니라 태도가 완전히 변해있었다. 너른 가슴을 단단하게 펼치고 고개를 당당하게 들고 선 자세가 너무도 낯설었다. 한 달도 채 지나지 않은 시간에 사람이 저렇게 변할 수 있는 걸까. 몬구는 거세게 고개를 저었다. 형을 더 이상 미덥지 않아야 할 이유가 없을 것 같다.

"하늘이 보살피고 바다가 선택한 왕부를 복종하고 섬기며 극진히 대접하라! 오늘부로 바로 내가 이 다마논드호의 왕부다! 나에게 복종하는 것이 곧 용왕님에 대한 복종이니, 헌 시대가 가고 새 시대를 기쁘게 맞이하라!"

새 왕부가 쩌렁쩌렁한 목소리로 새로운 시대의 시작을 외쳤다. 사람들이 감격한 얼굴로 두 손을 모은 채 고개를 조아렸다. 왕부의 자리는 선택당하는 것이다. 용왕의 선택이었다는 이유 외엔 다른 설명이 필요하지 않다. 몬구는 사라진 제자들을 찾는 것에 집중하기로 했다. 분명 멀지 않은 곳에 숨어있을 터였다. 눈동자를 바쁘게 돌리며 사람들 속을 헤치고 다녔다. 형의 목소리가 들릴 때마다 형이 왕부가 될 자격이 있나 생각해봤다. 그 자격은 사람이 주는 게 아니라 용왕이 점찍어주는 거란 말만 기억하기로 했다. 몬구가 할 일은 그 덕에 얻게 된 새로운 환경에 잘 적응하는 것뿐이다.

"원로 왕부님께서 올라오고 계신다! 예의를 갖추어 마지막 인사를 올리도록 하라!"

고개가 옆으로 꺾인 왕부가 휠체어에 앉아 새 왕부의 제자들 사이를 지나 중앙무대로 올라왔다. 잔인한 경고를 보내기라도 하듯 한껏 부릅뜬 눈이 한 곳만 응시한 채 움직일 줄 몰랐고 쩍 벌어진 입가엔 미처 다 닦지 못한 핏자국이 물들어있었다. 사람들은 기이한 모습으로 나타난 왕부를 보고 다시 웅성거렸다. 살아있는 건지 죽은 건지 도통 구별이 되지 않았지만 새 왕부와 제자들은 마치 살아있는 사람을 대하듯 극진히 원로 왕부를 모시었다.

"원로 왕부님께서 전할 말씀이 있다고 한다!"

새 왕부가 휠체어 옆에 무릎을 꿇고 앉아 원로 왕부의 입에 귀를 가져다 댔다. 미동도 없이 굳은 채 앉아있는 원로 왕부의 입에서 무슨 말이 연신 나오고 있기라도 하다는 듯 새 왕부는 고개를 사정없이 끄덕였다.

"한 시대를 이끌어온 나는 용왕님의 부름을 받아 바다로 돌아간다! 하늘이 보살피고 바다가 선택한 왕부에게 복종하라! 그리하면 너희들에게 큰 복이 있을 것이라!"

새 왕부가 두 팔을 하늘로 펼치며 목이 찢어지라 외쳐대는 행동에 압도된 사람들이 하나둘 무릎을 꿇고 앉기 시작했다. 그 틈에서 수상한 움직임을 포착한 몬구가 갑판 구석으로 잽싸게 달려갔다. 문이 닫히기 전 아슬아슬하게 손가락을 끼워넣어 문을 잡았다.

"어디다 숨겼어!"

"놔! 놓으라고!"

"어디다 숨겼는지 말하란 말이야!"

"놔!"

격분에 찬 대화가 문밖으로 새어 나올까 봐 몬구는 재빠르게 안으로 들어선 후 문을 꽉 닫았다. 버둥거리며 탈출을 시도하는 남자 곁에 만신창이가 된 얼굴로 신음만 뱉고 있는 또 다른 남자가 바닥에 널브러져 있었다. 몬구가 애타게 찾아다니던 왕부의 제자들이었다. 쓰러져 정신을 잃은 남자는 수석제자인 이작이었고 방금 잡혀서 끌려온 남자는 그의 동생인 이슬이었다. 그늘진 자리에서 눈치만 보고 서 있는 몬구를 발견한 사람은 없는 듯했다. 몬구는 길게 쌓여있는 박스 뒤로 조심스럽게 몸을 옮겼다. 함부로 나서지 않는 것이 괜찮겠다는 판단이 섰다. 굳이 손을 댈 필요가 없는 일이라면 뒤에서 상황만 지켜보는 것이 더 안전할 테니까.

"이 무슨 난리입니까."

풍채가 큰 남자가 뒷짐을 진 채 반대편에서부터 뚜벅뚜벅 다가와 그들 앞에 섰다.

"오셨습니까. 회장님."

제자들을 제압하고 있던 남자가 벌떡 일어서 바닥에 고개가 닿을 듯 허리를 숙였다.

"오늘이 무슨 날인지 모릅니까?"

천장에 달린 작은 조명등이 풍채가 큰 남자의 얼굴을 비추었다. 다마논드호의 사람이라면 모를 수 없는 얼굴, 필리스템의 회장, 그래니였다.

"아침부터 무대 주변을 얼쩡거리는 게 수상해서 조처하는 중이었습니다. 왕부가 애 하나를 죽인 모양입니다. 왕부가 멀쩡히 살아있는 아기를 죽인 후 피를 마셨다는 게 밝혀지면 왕부의 권위가 무너질 거라고 저를 협박해대는 통에 소란을 피할 수가 없었습니다."

"협박? 건방진 것들."

그래니가 어이없어하며 코웃음을 쳤다.

"조용히 처리하겠습니다."

"들어나 보죠. 원하는 게 뭐랍니까?"

"왕부의 기존 제자들의 생계와 안위를 보장해달라고 합니다."

"가만히 있었으면 알아서 다 마련해줬을 텐데 불행을 손수 몰고 오다니. 오만한 왕부의 제자답군."

"이것들은 어떻게 할까요?"

남자가 이작의 얼굴을 발로 짓이기며 물었다.

"애는 어디에 있답니까?"

"그게…. 모르겠습니다. 한 놈을 잡는 동안 다른 놈이 애를 들고 도망친 탓에…."

"흠."

"도망친 놈을 뒤쫓았을 땐 이미 애는 어딘가에 숨긴 뒤였습니다."

생각에 잠긴 듯 한동안 말이 없던 그래니가 제자 둘을 빤히 쳐다보다 흐트러진 옷깃을 바로 고치며 인자한 미소를 지었다.

"간단하네요. 저 둘만 없으면 문제가 될 거 없지 않습니까. 죽은 애야 발견되면 상황에 맞춰 처리하면 되니까. 이번엔 아주 깔끔하게 처리해야 할 겁니다. 죽여서 바다에 집어 던지세요. 저 질긴 목숨이 또 어떻게 살아남을지 알 수 없는 일이니까."

"네. 맡겨만 주십시오."

그래니는 홀가분한 숨을 가볍게 내뱉으며 뒤돌아섰다. 해천제 당일이라지만 할 일이 산더미처럼 쌓여있었다. 새로 앉힌 왕부의 행보도 지켜봐야 한다. 쉬는 날이라곤 없이 살아왔지만 억울하진 않다. 남들보다 많은 걸 가진 대가라고 생각한다. 그런 걸 억울해하는 사람들이 해천제에 참석해 있을지 없을지도 모를 신에게 간절히 비는 것이다. 그 어리석음은 사리 분간도 제대로 못 하게 방해할 뿐이다.

"세상이 그렇게 만만한가? 우리만 찍소리 안 하면 다 끝이라 생각하지? 착각하지 마. 난 당신들의 그 오만방자함이 늘 싫었으니까."

"쥐새끼 같은 것들이 누구 앞이라고 감히! 그 입부터 찢어
버리기 전에 닥쳐!"

흘긋 고개를 돌린 그래니와 눈을 마주친 남자가 이슬의 얼
굴을 더 힘껏 짓이겼다.

"왕부뿐이 아니잖아. 니들도 다 하는 짓 아니야? 극진한
용왕님의 보살핌을 받는 자들이라더니 막 태어난 아기의 피
를 쥐어짜야 할 만큼 삶이 절박한 이유는 뭐지? 우릴 죽여도
누군가 밝혀낼 거야. 그 광경을 본 사람이 더 있으니까. 그
애들이 질겁한 얼굴로 달아났으니까. 지금쯤 소문이 다 퍼졌
을지도 모르겠군. 이깟 배 안에 사람이 더 많을지 쥐새끼가
더 많을지 곰곰이 생각해보라고."

턱뼈가 다 으스러져 입가로 침이 줄줄 샜지만, 이슬은 꿋
꿋이 말을 끝냈다. 어차피 일은 다 어그러졌다. 살아서 새 왕
부가 거느릴 세상을 지켜보진 못할 것이다. 긴 시간 용왕과
왕부를 위해 온몸과 마음을 다 바쳤었는데 왜 이렇게 끝이
나는 건지 모르겠다. 이 또한 용왕의 뜻인가. 감사가 부족했
나. 불만을 많이 품었었나. 정말로 신이 있긴 한 걸까. 신은
왜 우리를 보살펴주지 않는 걸까.

"왜 자꾸 입을 함부로 놀리는 거지? 가만히 있으면 목숨은
건질 수 있었잖아. 왜 사서 고생하느냐고. 쓸데없는 말 지껄
일 시간에 구걸을 해. 살려달라고, 제발 살려만 달라고 구걸

해보라고."

그래니가 남자를 밀쳐내고 분노에 찬 발길질을 이슬에게 퍼부어댔다.

"다신 내 눈앞에 띄지 못하도록 조처하세요. 죽은 모습으로도 나타나면 안 될 겁니다. 아시겠습니까?"

살벌한 경고를 날린 그래니는 옷매무새를 정리하고 몬구가 숨어들어온 문을 열고 해천제의 현장으로 당당하게 걸어 나갔다. 구석에서 바들바들 떨고 있는 몬구를 발견하지 못한 건 아니지만 아량을 베풀어 모른 척 지나가 주기로 했다. 이슬의 말대로 세상엔 사람보다 쥐새끼가 더 많으니까. 일일이 다잡아 죽인다고 없어질 존재가 아니니까.

17.

해천제는 염려와 달리 순조롭게 마무리되는 듯했다. 새 왕부를 반갑게 맞이했고 원로 왕부는 기쁘게 떠나보냈다. 용왕에게 올리는 제가 끝난 후엔 준비된 음식과 음료를 밤새 즐기기만 하면 된다. 진짜 축제가 시작되는 것이다. 음악이 쉬지 않고 흐른다. 중앙무대에 오르는 누구나 축제의 주인공이 될 수 있다. 날씨까지 완벽했다. 비 한 점 뿌릴 생각이 없는 하늘은 깨끗했고 시원한 바람이 사람들의 살갗을 부드럽게 스치고 지나갔다. 그간 만나지 못했던 주변 사람들과 회포를 풀기도 하고 새로운 인맥을 쌓아 이곳저곳을 기웃거리기도 한다. 용왕의 보우와 은혜로 베풀어진 이 시간은 왕부에 대한 충성심을 더욱 깊게 만들었다. 왕부의 축복기도만 끝나면 모두가 애타게 기다려온 흥겨운 시간이 찾아올 터였다. 왕부가 기도를 올리기 위해 두 팔을 번쩍 들었다. 사람들의 시선이 왕부의 손끝을 따라 올라갔다. 왕부가 크게 숨을 들이쉬고 경건하게 기도를 내뱉으려는 찰나 수지가 휘청대며 무대 위로 뛰어들었다. 막을 새도 없었다. 얇은 천에 싸인 아기를 품에 안은 수지는 핏자국이 낭자한 잿빛 원피스를 입고 있었다. 왕부는 하늘을 받치듯 들어 올린 팔은 그대로 둔 채 고개만 숙여 여자를 내려 보았다.

"살려주세요."

제자들의 저지에도 왕부의 발치에 막무가내로 닿은 수지가 무릎을 꿇고 아기를 들어 올렸다.

"왕부님. 제발 아기를 살려주세요. 하실 수 있잖아요. 제발요. 제발, 아기만 살려주시면 뭐든 다 할게요."

수지는 제정신이 아닌 듯 보였다. 간절함을 넘어선 처절함은 당장 무슨 짓을 저질러도 하나 이상할 게 없을 정도였다. 새로이 왕부가 된 곤야는 호흡을 가다듬고 침착하려 애썼다. 군중 앞에서 당황한 모습을 들켜선 안 되었다. 그런 흐트러짐의 순간들이 축적되면 사소한 실수 하나로도 권위가 무너질 수 있는 것이다.

"뭐든 다 할게요! 그러니 제발, 제발, 살려만 내세요! 제발, 살려만 달라고요. 네?"

절규에 가까운 외침은 협박조에 다다랐다. 사람들이 동요

하기 시작했다. 미숙한 제자들은 우왕좌왕하며 시간만 끌어
댈 뿐 알아서 상황을 말끔히 해결하기보단 왕부의 지시만을
기다리는 눈치였다. 곤야는 먼 구석에서 자신을 응시하고 있
는 몬구를 한눈에 알아보았다. 제자들처럼 갈피를 못 잡고
허덕일 게 아니라 단숨에 상황을 제압해야 했다. 왕부의 자
리에 앉혀준 이들을 만족시켜야 한다. 첫 해천제부터 미덥지
않은 왕부로 낙인찍힐 수 없다. 어떻게 내쳐지는지 다 봐버
렸으니까. 허술한 왕부의 최후를 코앞에서 지켜봤으니까. 결
코 혼자서 끌어내려지지 않을 것이다. 이 자리를 보존해야
몬구의 미래도 보장할 수 있을 터였다. 곤야는 수지가 내민
아기를 덥석 받아서 들었다.

"나는 이미 이 아기에게 축복을 내렸도다! 나를 향한 믿음
과 순응이 아기를 살릴 수도 죽일 수도 있는 걸 모르느냐!
가거라! 이 생명이 다 한 것은 너의 원망과 불평 때문이오,
용왕님의 기적이 임한다면 너의 감사와 만족 때문이리다! 가
서 기다리라! 운명을 받아들이라!"

숨결만 사라진 게 아니었다. 주름도 채 펴지지 못한 생명
이 어떻게 꺼져버렸는지 짐작할 수도 없게 난도질당해있었
다. 아기엄마의 정신이 반쯤 나간 것이 당연했다. VIP실에서
만났던 몇몇 수호그룹 멤버들이 만족스러운 표정으로 고개를
끄덕였다. 앞으로도 계속 이렇게 살아야 하는 거겠지. 저들에

게 인정받기 위해 기만행위를 지속해야 하는 거겠지. 곤야는 밤새 외운 축복기도를 마지막으로 되씹어보며 수지에게 아기를 건넸다.

"감사합니다. 정말 감사합니다. 이 은혜 잊지 않을게요."

수지가 아기를 받아 품에 안았다. 마치 죽은 아기가 다시 살아나기라도 한 것처럼 허리를 펴고 망설임 없이 앞으로 나아갔다. 집으로 돌아가자, 아가, 집으로 돌아가 행복하게 살자. 왕부는 아무런 확답도 내려주지 않았지만 수지는 확신에 차 있었다. 핏기 없는 얼굴로 알아듣기 어려운 말을 중얼거리는 수지의 눈동자는 초점이 흐렸다. 수지를 밀치며 앞서 질러가는 산도도 알아보지 못했다. 그저 발길이 가는 대로 아기와 함께 걸어갈 뿐이었다.

산도는 굳이 수지를 피해 몰래 37 주거 단지촌으로 갈 생각이 없었다. 그간 키워준 공을 생각해 기회를 한 번 주기로 했다. 마요에게 화풀이할 일이 아니란 걸 알지만 다 한통속 같아 분이 쉬이 사그라지지 않았다. 광장에서 멀어지자 인적이 드물어졌다. 마요가 아기를 데리고 집으로 가겠다고 선언해도 선장은 가만히 내버려 두기만 했다. 공교롭게도 아기 둘이 모두 37 주거 단지촌에 있는 마요의 집으로 모여들고 있었다. 또 다른 아기의 부모는 누구일까. 왜 수지나 마요처럼 아기를 찾아 돌아다니지 않는 걸까. 잃어버린 게 아니라고의로 버린 걸까. 그러면 왜 낳은 걸까. 책임도 지지 못할 사람들이 왜 자꾸 아기를 가지고 버리기를 반복하는 걸까. 별로 빨리 걷지 않았는데도 몸이 온전치 않은 수지보다 훨씬 앞서 도착했다. 마요가 아기를 안고 집 근처를 배회하고 있었다. 아기를 보며 방긋 웃는 마요의 얼굴이 우스꽝스러웠다. 드물게 웃게 되면 웃는 방법도 잊는 걸까.

"산도."

산도를 발견한 마요의 얼굴이 어색하게 굳었다. 산도에게 익숙한 표정이었다. 아기만이 마요를 진정으로 웃게 만들어 줄 수 있는 걸까. 저 품에 안긴 아기를 수지가 낳지 않았을지도 모른다는 걸 알게 되어도 좀 전처럼 웃어줄 수 있을까. 왜 이렇게 심술이 나는 건지 모르겠다. 산도는 주춤대며 같은 자리에서 제자리걸음만 하는 마요에게 성큼성큼 다가섰다.

"수지 누나가 곧 올 거예요."

"그렇구나."

마요가 어물쩍 시선을 피했다. 고여 있던 설움이 넘쳐흐를 것 같았다. 마요는 불쌍하단 이유로 죽을 처지의 아기를 구해 키웠다. 오롯이 고마워해야만 하고 여력이 된다면 은혜를 갚아야만 하지만 마요가 변명이라도 해줬으면 했다. 그래야 덜 외로워질 것 같았다. 버젓이 살아있는 아버지란 존재와 얼굴을 마주친다 해도 마요처럼 웃어주지 않을 게 분명하니까. 그때 죽이지 못한 걸 통탄하며 다시 숨통을 끊어 놓으려 할지도 모르는 일이니까.

"아기도 같이 올 거예요."

"아기? 아기라면 여기에 있는걸."

아기란 말만 들어도 웃음이 비집고 나오는지 마요의 입술은 다물어질 줄 몰랐다. 마요의 웃는 얼굴에 또 한 번 버려진 것 같았다.

"처음부터 아기는 둘이었어요. 삼촌이 멋대로 살아남은 아기를 데려간 것뿐이지. 수지 누나가 데려오는 아기는 이미 죽었어요. 왕부님께 살려달라는 기도를 받고 돌아오는 길이에요. 누나는 아기가 다시 살아날 거라 철석같이 믿는 것 같았어요. 지금 온전한 정신은 아닌 것 같거든요."

어떤 말을 내뱉어도 진창으로 기울어지는 마음은 건져내어지지 않았다. 말을 잃은 마요가 아기의 얼굴을 한참 동안 바라보았다.

"왜 진작 얘기해주지 않은 거지?"

"삼촌이 아기를 보자마자 확신했으니까요. 자식이라서 당연히 알아보는 줄 알았거든요."

"수지가 데리고 오는 아기는 죽었다고?"

"네. 그 애는 아무도 구해주지 않아서 죽었어요. 제가 갔을 땐 이미 죽어있었으니까."

"이 애 역시 죽을 수도 있었겠네? 네가 도망쳤으니까."

마요는 추궁하듯 산도를 몰아붙였다. 숨을 훅 들이마셨지만 뻗어지지 않았다. 마요의 매서운 눈빛이 산도의 목을 조여 오는 듯했다.

"산도! 왜 이 애를 구해주지 않았느냐고! 난 널 구했는데!"

왜 그랬을까. 아기를 데리고 도망쳤어도 됐을 텐데. 그 사람들이 아기를 둘 다 죽일 거라고만 생각했다. 살릴 수 있었다는 가능성은 산도의 선택지에 존재하지 않았다.

"죽지 않았으니까 나한테 뭐라고 하지 마세요. 내가 언제 살려 달라 한 적 있어요? 삼촌이 멋대로 살렸잖아요."

말이 맘과 다르게 나왔다. 정말 멍청하다. 후회할 게 뻔한 말만 골라서 하고 있다니.

"이 애를 데리고 숨어있어. 잠깐이면 돼. 다신 이런 부탁 안 할 거야. 그러니 이번엔 지켜줘. 이 애가 무사히 엄마 품에 안길 수 있게."

마요가 아기를 조심스럽게 건넸다. 얼결에 아기를 받아서 든 산도가 골목 안으로 몸을 숨겼다. 곧 뒤따라올 것 같던 수지는 시간이 한참 흐른 뒤에야 모습을 드러냈다. 알 수 없는 말을 중얼거리지도 않았고 텅 빈 눈동자가 방황하지도 않았다. 부쩍 수척해진 얼굴로 희미한 미소를 지으며 마요에게 아기를 건넬 뿐이었다.

"수고했어."

수지를 집으로 먼저 들여보낸 후 마요는 죽은 아기를 가만히 품에 안고 체온을 나누어주었다. 수지에게 말할 수 있을까. 아기가 한 명 더 있다고. 수지는 알아볼 수 있을까. 쌍둥이를 낳은 게 아닐까 싶게 아기 둘의 외모가 흡사했다. 어느쪽을 선택한다고 해도 완전한 행복을 누릴 순 없을 것이다. 그렇다면 모르는 편이 낫지 않을까. 원래부터 아기는 한 명이었다고, 왕부의 기도로 살아났다고. 엉성한 자세로 아기를 안고 있는 산도를 보자 마음이 착잡했다.

바꿔야 한다. 누구에게도 더는 상처를 주고 싶지 않았다. 마요의 마음을 꿰뚫고 있기라도 한 듯 산도가 먼저 아기를 내밀었다. 마요는 죽은 아기를 차고 더러운 바닥에 내려놓았다. 저 아기를 수지가 낳았을 수도 있다는 가능성을 없애지 않으면 살아남은 아기에게 온전한 사랑을 줄 수 없을 것 같았다.

산도에게 아무 말도 하지 못했다. 무슨 말이라도 했다간 눈물이 왈칵 터질 것 같았다. 모두에게 정말 미안했다. 죽은 듯 살았더라면 어떤 일도 일어나지 않았을 텐데. 조용히 살다가 일찍 떠날 수도 있었을 텐데. 수지는 이불도 덮지 못하고 쓰러지듯 모로 누워 눈을 감고 있었다. 잠을 자는 건지 현실을 외면하고 있는 건지 알 수가 없었다. 막 출산한 흔적이 집안 곳곳에 남아있었다. 품에 안긴 아기가 꿈틀거렸다. 엄마의 체취에 반응한 거라고 믿고 싶었다. 마요는 수지 곁에 아기를 눕혔다.

"아기가 엄마를 찾네."

수지가 고르게 숨을 내쉬며 아기를 향해 돌아누웠다. 아기가 숨 쉬는 것 좀 보라고 말하지 않은 건 바깥에 버리고 온 아기가 마음에 걸렸기 때문이다. 몸을 좀 추스르고 나면 수지도 자연스럽게 받아들이지 않을까. 나쁜 꿈을 꾼 것 같다고 말해주지 않을까. 마요는 조용히 집을 나섰다. 아무리 해천제 당일이라지만 너무 오래 기숙사를 비워선 안 되었다. 왕부의 기도를 받은 아기라고 우기면 출생등록을 해줄지도 모른다. 마요가 책임져야 할 사람이 하나 더 늘었고 필사적으로 일터에 매달려야만 했다.

"놔두면 누군가 치울 텐데."

밖으로 나오자 죽은 아기를 품에 안은 산도가 기다리고 있었다.

"늦었지만 구해주고 싶어서요. 제가 바다로 돌려보내 줘도 될까요?"

"맘대로 하렴."

매몰차게 뒤돌아서 앞만 보고 걸어가다 얼마 가지 못해 멈추어 섰다. 이러면 안 되지, 이럴 순 없지. 산도의 덕을 보고 산 세월이 얼만데 아기의 마지막 순간까지 산도에게 미뤘다는 게 한심해 견딜 수 없었다. 도망치고 싶어 외면했다. 왔던 길을 다시 돌아갔다. 산도는 같은 자리에서 마요를 기다리고 있었다. 멋대로 굴어 미안했다고 사과해야 했는데 또 말을 삼켰다. 죽은 아기 앞에서 말을 꺼내기가 미안했다.

산도는 살아있으니까 수호그룹에 소속되기도 했으니까 찬찬히 마음을 터놓아도 이해해주리라 믿었다. 마요에겐 없는 마음의 여유가 산도에게는 흘러넘치도록 많을 테니까 넉넉한 이에게 바라는 배려를 좀 덜 미안해해도 되겠지. 고맙게도 산도는 별말 없이 마요가 가는 길을 동행해주었다. 다마논드 호의 가장 높은 곳으로 올라가고 싶었지만 그럴만한 여유가 없었다. 기숙사에 돌아가 봐야 하고 틈틈이 수지와 아기를 돌봐야 한다. 한시라도 빨리 아기를 보내어주는 게 마요가 모두에게 공평히 해줄 수 있는 최선이자 전부였다.

37 주거 단지촌엔 지하와 갑판 사이의 좁고 낮은 통로가 있다. 천장이 삭아 내려앉은 지 오래지만, 보수가 전혀 되지 않아 발을 삐죽 세우고 서면 갑판 난간 너머가 보였다. 마요는 쭈그리고 앉아 아기를 꼭 끌어안았다. 미안하다는 말 외에는 아무것도 전할 수가 없었다. 마음이 갈기갈기 찢어진 종잇장 같았다. 대신 죽어줄 수 있다면. 대신 난도질을 당해

줄 수 있었다면. 산도 역시 일 년을 채 살지 못하고 죽을 뻔했었다. 아주 오랜 시간이 흘러 다시 또 한 아기가 죽었다. 어느 구멍을 틀어막아야 이 비극이 반복되는 걸 막을 수 있을까. 마요는 깊은숨을 들이마신 뒤 숨결을 불어 넣듯 아기의 얼굴에 입을 맞추었다. 다음엔 좋은 세상에서 태어나렴. 아니, 가능한 한 다시 태어나는 실수를 범하지 말렴. 하늘 혹은 바다 그 어딘가 공평한 세상이 있다면 그곳에서 편하게 웃고 지내렴.

천천히 일어서 갑판 너머로 팔을 뻗었다. 잠자듯 죽은 아기에게서 손을 떼자 아기가 아래로 속절없이 추락했다. 바다가 아기를 잡아채는 소리는 흥겹게 흐르는 음악에 파묻혔다. 마요는 아무 일 없었던 것처럼 통로를 빠져나와 산도의 손을 잡았다. 오늘의 일은 기억에서 전부 지울 것이란 굳은 다짐을 하며 햇빛이 환하게 드는 곳을 향해 걸음을 옮겼다.

18.

교탁 앞에 선 로지의 얼굴이 매우 복잡해 보였다. 한참 동안 허공만 응시한 채 입을 열지 않았다. 심상치 않은 분위기를 감지한 아이들은 장난기를 감추고 눈치를 살폈다. 분위기에 편승하지 않은 건 오직 몬구뿐이었다. 여유롭게 앉아 책장을 넘기며 다가올 수업을 준비했다. 너덜너덜해지도록 읽은 책은 뜯어지기 일보 직전이었다.

"이번 시험 결과, 전교 1등과 2등이 모두 우리 반에서 나왔어."

간절히 바라던 소식을 모호한 표정으로 전하는 로지의 반응에 아이들이 술렁거리기 시작했다.

"전교 1등은 몬구. 전교 2등은 아세스. 둘 다 아주 잘했어. 훌륭해. 덕분에 반 평균 꼴등에서 탈출하게 되었네."

순식간에 교실 분위기가 싸해졌다. 입학 이래 단 한 번도 전교 1등을 놓쳐본 적 없던 아세스의 자리를 몬구가 빼앗았단 사실에 모두가 놀랐다. 사립학교의 정규교육을 받은 적 없던 몬구가 단숨에 꼭대기를 치고 올라선 것이다. 별일 아닌 척 애쓰는 아세스의 노력이 무색하도록 숨길 수 없게 티가 났다.

"그러면 오늘 하루도 다들 수업 잘 받자."

서둘러 교실을 빠져나가는 로지의 심정이 이해되었다. 아세스의 눈치를 보지 않을 수가 없었다. 필리스템 가문은 다마논드호에서 왕부만큼이나 큰 권력을 쥐고 있다고 봐도 무방했다. 괜한 불똥에 피해를 당할까 봐 로지가 가라앉혀놓은 분위기를 흩트리지 않으려 기를 썼다. 흘끔흘끔 몬구를 쳐다보는 아이들의 눈빛이 달라졌다. 다음 수업 담당 선생님이 올 때까지 헛기침 소리만 간헐적으로 들려올 뿐이었다.

하루가 이토록 길게 느껴진 적이 또 있을까. 숨 막히는 정적의 균열을 넓혀주는 몬구에게 고마운 마음이 들 지경이 되었다. 절대 깨어질 리 없는 성역 안에 있던 아세스의 추락은 학교에 신선한 환기를 시켜주었다. 몬구의 과거에 대한 소문이 은밀하게 퍼지기 시작했다. 전학을 왔음에도 불구하고 한 번도 기죽은 적 없던 태도는 여러 사람의 입을 타고 회자되었다. 몬구와 함께 다닌다는 이유 하나로 산도를 향하던 아니꼬운 시선도 한층 누그러졌다. 시선에서 벗어났지만 마음은 한층 더 불편해졌다. 산도는 어그러진 서열을 다시 바로 잡고 싶었다. 주제 파악 못 하는 몬구 옆에 붙어있다 괜한 피해를 당할까 두려웠다. 수호그룹의 밑바닥을 떠맡는 게 뭐 그리 어렵다고 꾸역꾸역 위로 올라가려고 하는 걸까. 바닥을 든든히 떠받치기만 하면 그 아래로 떨어질 일 절대 없을 텐데.

가시방석에 앉은 듯한 시간을 견뎌내고 기숙사로 돌아왔다. 침대에 곧장 널브러진 산도와 달리 몬구는 샤워실로 직행해 깨끗하게 씻은 후 바로 책상 앞에 앉았다.

"뭐 때문에 그렇게까지 하는 거야?"

온종일 꾹 참고만 있던 산도가 언성을 높였다. 학교 분위기를 다 들쑤셔놓은 장본인이면서 혼자 평온히 앉아 공부하는 몬구의 태도에 진저리가 나려고 했다.

"쉬고 싶은데 내가 거슬리게 하는 거면 말해. 스터디룸으로 가줄 테니까."

몬구는 뒤 돌아봐 주는 성의도 보이지 않았다.

"아직 분위기 파악이 덜된 거야? 거기가 어디라고 네가 자꾸 얼쩡거리는 건데."

"넌 네가 살고 싶은 방식으로 살아. 난 내가 정한 방식으로 살 거니까. 네가 뭔데 이래라저래라하는 거야? 나한테 신

237

경 끄고 외로우면 나가서 친구를 사귀라고."

몬구가 책상 위 조명을 끄며 책을 들고 일어섰다.

"기어이 스터디룸에 가려는 거야? 왜? 새 왕부님이 네 가족이라서?"

"입 아프게 설명하지 않아도 되니 좋네. 남의 사정을 캐낼 정성으로 본인 사정이나 알아보는 건 어때? 넌 수호그룹으로 오게 된 이유조차 모른다며."

뭘 알고 묻는 건 아니었다. 아는 애들은 다 알고 있었을지 모르겠다. 산도에겐 어른들만 알고 있을 이야기를 전해줄 가족이 없었다. 지레짐작인 추측이었지만 맞을 거라 예상은 했었다.

"알아. 너 때문에 다 알게 됐어."

"고맙다는 말은 생략인가?"

"별로 알고 싶지 않은 이야기였으니까."

"내가 누구 때문에 수호그룹에 소속되게 되었든 그건 이미 지난 과거지. 그 사람과 영원히 한배를 타고 있을 순 없잖아. 부모도 자식을 버리는 판국이야. 나를 지킬 수 있는 건 오직 나 하나뿐이라고. 요새를 만들 거야. 이곳에서 절대 내쳐지지 않을 거라고. 왕부의 제자들이 왜 그런 짓까지 저질렀겠어? 너도 다 봤잖아. 왕부를 살려내고 싶단 이유였을까? 아니. 그들이 여기서 계속 살아가려면 왕부가 필요하니까. 새 왕부에게 새 제자들이 있으니까. 절박했기 때문에 손에 피를 묻힐 수 있었던 거야. 너도 잘 생각해. 준비도 없이 한순간에 밀려나지 않으려면 어떻게 살아야 할지."

몬구는 책을 가득 챙겨 들고 나서며 뒤돌아 다시 물었다.

"불 꺼줘? 나 때문에 못 자고 있었던 거 아니야?"

"됐어. 잘 시간도 아닌데. 하던 대로 해."

"그러던지."

속내를 알다가도 모르겠는 몬구의 말을 얼마나 신뢰할 수 있을지 모르겠다. 시간을 되돌릴 수 있다면 얼마나 좋을까. 아무것도 모르던 그 시절이 오히려 행복했다. 괜한 호기심에 주변을 헤집고 다닌 대가는 가혹했다. 높은 파도가 덮쳐온다고 해도 절대 무너질 리 없는 거대한 장벽을 세워놓는 게 맞을까. 장벽을 무너뜨리는 건 파도가 아니라 사람일 텐데.

산도는 몬구의 빈 의자를 바라보았다. 몬구가 새 왕부와 가족관계이기 때문에 수호그룹에 소속되게 된 걸 아는 애들이 없는 것 같지는 않다. 그런데 왜 산도가 필리스템 가문의 핏줄인 건 아무도 모르는 걸까. 해천제가 있던 날부터 폭풍우가 몰아치지 않는 밤에도 악몽을 꾸게 되었다. 딱 한 겹의 막만 벗겨내어도 해소되지 않는 답답함이 좀 덜 할 텐데. 스터디룸에 가보기로 했다. 아세스를 만나야 했다. 그 목적 하나로 감히 출입할 수 없는 곳의 문을 열어보기로 했다.

스터디룸은 어둡고 적막했다. 책상을 비추는 전등에만 겨우 불이 들어와 있을 정도였다. 아세스 주변은 늘 북적였지만, 오늘은 예외였다. 고독하게 책상 하나를 다 차지한 채 공부에 열중해있을 뿐이었다. 산도가 스터디룸에 들어온 것도 눈치채지 못한 듯했다. 몬구는 스터디룸 구석에 앉아있었다. 기지개를 켜며 손을 흔드는 모양새가 아세스와 달리 아주 느긋해 보였다. 산도는 곧장 아세스 앞으로 가서 주먹으로 책상을 콩콩 내리찍었다. 아세스는 불편한 심기가 가득한 얼굴로 산도를 올려다보았다.

"달비노에 대해서 좀 알아?"

아세스의 얼굴을 보자마자 말릴 틈도 없이 말이 튀어나왔다.

"재밌네. 그런 걸 다 묻고."

아세스는 의자에 몸을 삐딱하게 기대며 어이가 없는 듯 풋웃음을 터트렸다.

"알려줄 수 있어?"

필리스템 회장인 그래니의 동생, 달비노에 대해선 세간에 알려진 바가 거의 없었다. 회사경영에 참여하지도 않았고 집안 행사에도 모습을 드러내지 않았다.

"크리마칼호에서 잘살고 있다던데? 할아버지 모시고 출장 갔다가 거래처에서 만난 분과 결혼까지 하게 되었다더라고.

할아버지 말씀으론 원체 사랑에 금방 빠지시는 분이라 말릴 생각도 없었대."

"요즘도 종종 만나?"

"아니. 어른들은 다 바쁘잖아."

몬구가 둘의 대화를 흥미롭게 듣고 있는데도 아세스는 개의치 않고 산도의 물음에 일일이 대답해주었다. 평소라면 말을 끊고도 남았을 게 분명한데 주변을 진치고 있던 애들이 사라져서인지 달비노와 산도에 대해 뭔가 알고 있기 때문인지 아세스의 의중을 파악할 수가 없었다. 아무 소득이 없었던 건 아니다. 달비노와 현재 가정을 꾸린 사람이 산도의 엄마는 아니라는 것은 알아냈으니까.

"더 물어볼 건 없어?"

스터디룸을 떠나는 산도를 아세스의 목소리가 붙잡았다.

"없어. 고마워."

아세스의 친절이 과했다. 아마도 다 알고 있는 게 아닐까. 더 캐내고 다녀도 필리스템엔 아무 타격이 없을 거라는 경고 같은 게 아니었을까. 고맙다는 말은 진심이었다. 37 주거 단지촌 같은 곳에서는 다신 살고 싶지 않으니까. 이런 곳에 발 디디고 살도록 빌미를 제공해준 부모에게 눈물겹게 감사할 지경이니까.

갑자기 겪어본 적 없던 허기가 몰려왔다. 저녁 시간이 지났어도 원한다면 언제든 음식을 요구할 수 있었다. 산도는 주방으로 가서 음식을 한가득 담아왔다. 홀로 긴 탁자에 앉아 허겁지겁 음식을 해치우고 싶지 않아 마요를 찾아갔다. 함께 아기를 버렸던 그날 이후로 오가다 마주치면 묵례만 나눌 뿐 따로 말을 섞은 적이 없었다. 마요는 혼자서 관리실을 지키고 있었다. 무료해 보이는 얼굴이 그저 슬프기만 했다. 산도는 마요 옆에 앉아 음식이 가득 담긴 그릇을 건넸다. 마요는 희미하게 미소를 지으며 음식을 빤히 내려다보았다.

"드세요."

"나중에 먹을게. 고맙다."

"집에 가져가시려는 거죠?"

마요는 말없이 고개만 끄덕였다. 단 한 번도 마요를 위해 음식을 넉넉히 챙겨본 적 없었다. 왜 그랬을까. 철이 너무 없었던 건지 마요의 마음이 당연하다 생각했던 건지. 얼굴이 화끈거릴 정도로 지난 시간이 부끄러웠다. 마요는 온정 하나로 산도를 거두어 주었다. 마요가 아니었다면 아무 곳에나 버려졌을 텐데.

"수지 누나랑 아기는 잘 지내요?"

"그럼. 잘 있지. 잘 있고말고."

"잠깐만 기다리세요. 제가 수지 누나가 먹을 것 좀 더 챙겨올게요."

"아니야. 괜찮아. 이거면 충분해."

고개를 휘저으며 산도를 붙잡는 마요의 손에서 전혀 기운이 느껴지지 않았다.

"앞으로는 매일 음식을 챙길게요. 집에 가져다주세요."

"어차피 자주 들리지도 못하는걸. 마음은 참 고맙구나."

말은 저렇게 해도 마요는 산도가 전해주는 음식을 거절하지 않을 터였다. 절망에서 피어난 무력함이 마요를 잠식하고 있었다.

"아기는 출생신고도 못 하는 건가요?"

"아니야. 선장님이 해결해주시기로 했어. 왕부님이 살려낸 아기라잖아. 언론사에서도 매일 찾아와. 인터뷰 좀 하자고. 수지가 많이 행복해하고 있어. 아마 다 잘될 거야. 우린 잘 살아낼 거야. 틀림없이 그럴 거야."

마요를 아래로 잡아끄는 건 바닷속에 홀로 빠진 아기가 아닐까. 자신에게 퍼붓는 반복된 주문이 저주처럼 들렸다. 위로하는 방법을 잘 알면 좋을 텐데. 손을 잡아주면 될까. 어깨에 손을 올리면 되는 걸까. 안아주면 마음이 전달될까. 마요가 기꺼이 곁을 내어주던 순간이 차례로 떠올랐다.

"아기 이름 정했어요?"

"아직. 네가 정해줄래?"

"그래도 될까요?"

"그럼."

"사라 어때요?"

"예쁜 이름이네."

"미안해요. 삼촌."

고맙다는 말은 뒤로 미루기로 했다. 부모조차 버린 목숨 거두느라 허비한 세월에 대한 사과가 너무 늦었다. 마요가 해주었던 것처럼 든든히 기댈 수 있게 등을 내어주겠다는 다짐을 했다. 캐내고 싶은 과거가 사방에 조각조각 널려있다고 해도 모른 척 눈을 감고 지나갈 것이다. 더 높은 곳에 발을 디디려는 몬구의 발악에 휩쓸리지 않을 것이다. 수호그룹에 소속된 첫날의 결심처럼 바닥에 납작 엎드려 쥐 죽은 듯 숨 쉬며 끝까지 버텨낼 것이다. 산도를 품에 꼭 안고 37 주거단지촌에 숨어들었을 마요의 지난날이 후회로 남게 내버려두지 않을 것이다. 마요와 수지의 딸, 사라에게 깃들 빛이 어둠 속으로 사그라지지 않을 통로가 되어주고 싶다. 작은 아기가 버려졌던 그 통로처럼 좁고 낮을지라도.

비좁은 관리실에 마요를 혼자 내버려 두고 기숙사로 돌아왔다. 아무리 쓸쓸하고 외로워도 절대 안전한 테두리 밖을 벗어나지 않으리라, 불을 끄고 침대에 누워 다시 찾아올 악몽을 기다리며 눈을 감았다. 어두운 밤이 스멀스멀 산도를 덮쳐오고 있었다.

작가의 말

다마논드호는 에어컨 없이는 버틸 수 없었던 어느 여름날 가까운 미래를 상상하다 쓰게 되었습니다. 자율 주행 자동차도, 반으로 접히는 스마트폰도 제가 그린 미래의 지구에선 무용할 것 같았습니다. 그때 그리워질 것들은 깨끗한 공기와 물, 선선한 바람, 푸른 나무와 형형색색의 꽃, 꿀벌의 비행과 새의 지저귐, 아이들의 웃음소리와 사랑하는 사람들의 미소일 것 같습니다. 다마논드호에서 버티고 버틴 사람들에게 땅을 밟을 기회는 영원히 찾아오지 않을 것입니다. 어쩌면 더 큰 재앙이 또 한 번 찾아올지도 모르겠습니다.

이 땅의 미래를 생각해보자면 암울해지기만 합니다. 더 편리해지고 더 빨라지다 어느 순간 펑 하고 터질 것 같습니다.

뿌연 연기가 가시면 애써 이뤄왔던 것들은 사라지고 없겠지요. 급격한 기후변화는 피부로 와 닿기 시작했고 좋아하는 계절이 다가오는 것도 별로 반갑지 않게 되었습니다. 지구의 소중함을 모르고 살아온 인류의 미래에 처절한 대가가 기다리고 있을 것 같은 예감이 듭니다.

너무 비관적인 것일까요? 플라스틱을 덜 쓰고 육식을 자제하고 자원을 아껴 쓰면 지구는 무자비했던 인간들의 만행을 용서해줄까요?

잘 모르겠습니다. 지구온난화에 대한 경고를 들어온 게 하루 이틀이 아닌데도 우리의 일상은 많이 바뀌지 않았습니다. 오늘 하루 무사히 보냈으니 내일도 안심하고 지구를 훼손하며 살아갈 것 같습니다. 그런 식으로 평생을 살아도 괜찮을 것 같습니다. 기후변화보다 더 두려운 건 돈이고 건강이니까요. 무서운 재앙이 운 좋게 비껴갈 것이란 막연한 믿음도 한몫을 한 것 같습니다. 그런 일은 나와 상관없는 남이, 나의 나라가 아닌 남의 나라가 겪을 것이란 안일한 생각이 들기도 합니다. 뉴스로 지켜보다 눈시울을 붉히고 안타까워하며 기도해주는 것이 나의 역할인 것만 같습니다. 언제까지고 열외일 수만은 없을 텐데도 태평하게 방관하고 있습니다.

계속 이렇게 살아도 괜찮은 걸까요?

몽실북스에 대한 감사는 글로 꼭 남기고 싶었습니다. 작가는 글만 열심히 쓰면 된다고 말씀해주시던 주연지 대표님과 꼼꼼하고 다정하게 원고를 챙겨봐 주시는 박영심 편집자님 덕분에 또 한 권의 책을 출간할 수 있게 되었습니다. 세상의 모든 독자에게도 감사와 존경을 표합니다. 작가보다 더 책을 사랑하는 사람들이 있기에 새로운 이야기를 써 내려갈 수 있는 것 같습니다. 그분들이 지켜온 책들이 오래도록 읽히길 바랍니다. 먼 미래의 독자들에게 우리가 누려온 것들을 깨끗이 물려줄 수 있도록, 그들의 세상에 다마논드호는 존재하지 않도록 함께 노력하면 좋겠습니다.

유난히 추웠던 2022년의 겨울날, 정지혜

다마논드호

1판 1쇄 인쇄 2023년 4월 03일
1판 1쇄 발행 2023년 4월 10일

지은이 · 정지혜
발행인 · 주연지

편집인 · 석창진 **편집** · 박영심 이혜진
디자인 · 김지영
마케팅 · 허은정

펴낸곳 · 몽실북스 **출판등록** · 2015년 5월 20일(제2015 – 000025호)
주소 · 서울 관악구 난향7길52
전화 · 02-592-8969 **팩스** · 02-6008-8970
이메일 · mongsilbooks@naver.com
네이버 포스트 · post.naver.com/mongsilbooks_kr
인스타그램 · instagram.com/mongsilbooks

ISBN 979-11-92960-43-2(03810)

●잘못된 책은 구입하신 서점에서 바꿔드립니다. ●책값은 뒤표지에 있습니다.

몽실북스에서는 작가님들의 원고를 기다리고 있습니다. 자신만의 이야기를 책으로 만들고
싶다 하시면 언제든지 mongsilbooks@naver.com으로 연락처와 함께 기획안을 보내주세
요. 몽실몽실하게 기대하며 기다리겠습니다.